AF235440

Post von Paul

Enno Stöver

Post von Paul

Geschichten zum Wiederfinden

Bibliografische Information der Deutschen Nationalbibliothek: Die Deutsche Nationalbibliothek verzeichnet diese Publikation in der Deutschen Nationalbibliografie; detaillierte bibliografische Daten sind im Internet über dnb.dnb.de abrufbar.

© 2020 Prof. Dr. Enno Stöver

Herstellung und Verlag:

BoD – Books on Demand, Norderstedt

ISBN: 978-3-752674910

Inhalt

Zum Geleit   2

Post von Paul   3

Auf einen Kaffee mit Gott   8

Segel setzen für Paul   14

Neugeboren – eine große Frage   21

Abendmahl feiern…   29

Leben im Herrn   36

Musik zum Lobe Gottes   44

Due Espressi   52

Deine Brüder und Schwestern   56

Da wurde mitten in der Nacht ein Kind geboren   64

Ohr an den Menschen   72

Talkshow   80

Paul auf dem Weihnachtsmarkt   87

Antworten von Paul   94

St. Paul´s Cathedral   101

Quellen, Referenzen, Inspirationen und Danke   111

Zum Geleit

Geht es Ihnen auch so? Manchmal, im richtigen Moment ergeben sich kleine Begegnungen, die ihre aktuelle Stimmungslage erfassen und Ihnen den richtigen Schubs geben. Ein Freund, eine Freundin oder auch irgendein Fremder spricht Sie an, gibt Ihnen die Hand, nimmt Sie mit dem richtigen Druck in den Arm, und die Wärme der menschlichen Begegnung umstrahlt sie. Ich bin fest überzeugt: Gott schaut Sie in diesen Momenten liebevoll an.

In diesem Buch sind auf Wunsch von Freunden und Bekannten einige Geschichten gesammelt, die als Andachtstexte oder Predigten entstanden sind. Die angegebenen Bibelstellen nach jeder Geschichte sind nur ein Anhaltspunkt. Vielleicht ist nicht jedem sofort einsichtig, wie die jeweilige Geschichte daraus entstanden ist. Manchmal ist die Geschichte einem Move der Predigt-vorbereitung entsprungen, manchmal lässt sich der Zusammenhang direkt erkennen. Spüren Sie gerne nach.

Ich habe die Figuren der Bibel liebgewonnen. Sie begegnen sich neu, an neuen Orten, zu neuen Zeiten unter neuen Konditionen – und so wünsche ich Ihnen auch neue Begegnungen mit Paul, Jakob, Hannes, Nico und vielen anderen, die Sie vielleicht morgen um sich herum auf der Straße zufällig treffen und die Ihnen einen Hinweis auf Gottes unerschütterliche Liebe zu Ihnen geben. Ich habe die Geschichten in ihrer Ursprungsgestalt beibehalten, manchmal wechseln dadurch die Erzählperspektiven. Beim Zusammenstellen dieses Buches ist mir aber klar geworden, dass sie für mich genau so gerade richtig waren und sind.

Ihr Enno Stöver

Post von Paul

Ich habe Post bekommen, einen Brief, einen Brief so kurz
vor Weihnachten. Von Paul. Ach, ihr kennt mich vielleicht
nicht alle – ich heiße Jason. Ich wohne im Hamburger Hafen
in einem Haus mit meiner Frau, meinen Kindern und zwei
Hunden. Ein paar Hühner laufen auch in unserem Garten
rum. Vielleicht ist mein Haus so groß wie dieser Carport hier.
Unsere Mauern halten den Wind im Hafen gut ab, und
durch die Gemeinschaft von Menschen und Tieren ist das
Haus immer warm. Wir haben eine Leiter, die auf einen
Balkon auf dem Dach führt, dort kann man in heißen
Nächten schlafen oder Wäsche trocknen. Das ist sicherlich
heute nicht mehr der Standard, aber Paul hat hier auch
gewohnt, das ist jetzt vielleicht ein Jahr her – eine schräge
Type.

Ich kam gerade von der Arbeit im Hafen, ich gehe gerne an
der Elbe entlang, da habe ich ihn zum ersten Mal gesehen.
Ich wollte mich gerade in ein kleines Café setzen, noch ein
wenig den Blick über den Fluss und die Schiffe schweifen
lassen, ein wenig Ruhe von dem Stress bei der Arbeit – hatte
es doch auch heute wieder viel Ärger gegeben, Aufträge, die
unbedingt heute noch erledigt werden mussten. Da waren
drei Männer, die sahen aus wie Handwerker auf der Walz,
aber irgendetwas war anders. Sie hatten sich neben eine
alte Frau gesetzt, die jeden Tag dort an der Elbe sitzt. Keiner
von uns beachtet sie richtig, aber sie ist immer da. Alt,
gebückt, mit einem Gehwagen – richtig interessiert hat sie
keinen von uns, wir hatten auch genug eigene Sorgen. Und
nun standen da auf einmal diese drei „Handwerker", echte
Kerle, wie wir Norddeutschen zu sagen pflegen. Ich
wunderte mich, denn von dieser kleinen Szenerie ging eine
Ruhe aus, die ausstrahlte. Vielleicht lag es daran, dass einer
dieser Männer der Frau die linke Hand auf die Schulter legte

und ihr mit der rechten ein Kreuzzeichen auf die Stirn machte. Tränen der Rührung standen der Frau in den Augen. Ich schaute mich um – irgendwie schien keiner außer mir diese Szene wahrgenommen zu haben. Aber ich hatte ja auch keine Zeit – egal mit Kaffee und Elbblick, ich schaute auf die Uhr und stellte fest, dass ich losmusste. An der U-Bahn-Haltestelle standen sie auf einmal neben mir. „Guten Tag. Mein Name ist Paul." Und er streckte mir die Hand hin. „Guten Tag", sagte ich. „Ich habe euch unten am Fluss schon gesehen. Ihr habt mit der alten Frau gesprochen." „Oh ja", sagte Paul, „eine interessante Person mit einer interessanten Geschichte. Wusstest du, dass sie bis zur Rente an der Kasse vom alten Elbtunnel gesessen hat? Heute ist sie nicht mehr so gut zu Fuß, aber viel schlimmer ist für sie, dass kaum einer, dem sie früher das Geld für den Weg durch den Elbtunnel abgenommen hat, sie noch grüßt oder anspricht. Schade, sagt sie, dass die Menschen wegschauen." Ich fühlte mich ertappt. „Oh, die U-Bahn kommt. Ihr müsst doch sicher auch weiter…" „Ehrlich gesagt, wissen wir noch nicht, wo wir die Nacht verbringen können. Und für die Zeit, die wir in Hamburg sind, brauchen wir auch noch Arbeit, damit wir die Herberge bezahlen können. Wir sind Zeltmacher, aber Segel nähen geht auch. Kennst du jemanden?" Dieses Lächeln von Paul mit diesen beiden jungen Burschen daneben war entwaffnend. „Ihr könnt bei uns übernachten", hörte ich mich sagen. „Und unser Nachbar hat eine Werft für Segelschiffe. Er hat gerade einen großen Auftrag und braucht sicherlich Hilfe." „Super, wir kommen gerne mit." Und so kamen Paul, Silvio und Timo mit zu uns. Es war eine wunderbare Zeit und wir lernten viel. Paul erzählte seine Lebensgeschichte. Er käme aus der türkischen Stadt Tarsus. Sie drei seien Juden auf einem neuen Weg, wie er sagte. In Tarsus war er Vorarbeiter der Segelmacher in der größten Werft – bis zum Umfallen habe er gearbeitet. Und natürlich sei er immer in die Synagoge gegangen und habe alles getan, um ein gottgefälliges Leben zu führen. Das kam mir bekannt vor…

Irgendwann sei er zusammengebrochen. Er sei auf einer Dienstreise gewesen. Im Krankenhaus in Damaskus sei er dann aufgewacht. Und neben ihm saß ein Mann, den er nicht kannte. „Paul ich grüße dich und Gott sei mit dir." „Was machst du hier" habe er ihn gefragt. „Der Herr hat mich zu dir geschickt. Darum bin ich hier. Ich habe für dich gebetet, dass du gesund wirst und die wichtigen Dinge im Leben erkennst. Dein Glaube soll dir helfen und nicht aufhören." Er zeichnete Paul ein Kreuz auf die Stirn und ging ohne ein weiteres Wort. Paul hat ihn nie wiedergesehen."

Aber heute seien ganz andere Sachen wichtig für ihn. Gerungen habe er mit Gott, gefragt, was er machen solle – und die Antwort „Ich möchte nur, dass du an mich glaubst". Dann kam Paul ins Schwärmen und lange saßen wir in unserer Hütte beim Bier, und Paul begeisterte uns für die frohe Botschaft von Jesus Christus. Es war faszinierend – jeden Abend wurden es mehr Leute, gut, dass es Sommer war und draußen genug Platz. Ich spürte, dass diesen Mann eine Leidenschaft treibt, die nichts mit Zelten und Segeln zu tun hat. Ich spürte hier am Feuer, dass in ihm ein Feuer lodert, das andere anzieht. Gottes Sohn sei Mensch geworden, für uns alle in einer Krippe geboren und für unsere Sünden gestorben und auferstanden. Für Paul führte der Glaube an Jesus Christus zu einer neuen Freiheit ohne Leistungsdruck. Durch Gesetze und Verordnungen lassen sich Menschen nicht bessern. Es ist notwendig, dass sie heilig werden, sie sich durch die Annahme der Liebe Gottes ändern, umkehren und gelassener werden. Wir können dankbar sein, für die kleinen und großen Geschenke Gottes jeden Tag, für den Sonnenaufgang und das Kinderlachen, aber auch die Tränen und die kleinen Begegnungen im Bus oder am Hafen. Und zum Schluss sagte er immer: Seid bereit! Jesus kommt wieder – ich möchte, dass ihr eine Chance habt, die frohe Botschaft zu erkennen und vor seiner Wiederkehr umzukehren und euch zu bekennen. Seid wachsam!

Paul musste dann schnell weg, mitten in der Nacht. Es gab Menschen aus der Nachbarschaft, die mochten ihn nicht, hatten ihn angezeigt. Er wolle Krawall machen und habe von einem neuen König gesprochen, der das Heil bringt. Die Polizei stand bei uns vor der Tür, aber Paul, Silvio und Timo waren nicht mehr da. Wir hatten Paul gleich nach den aufkommenden Gerüchten losgeschickt, nachts gingen die drei. Ich musste mit der Polizei mitgehen, mich erklären und eine Strafe zahlen, da unsere Versammlung öffentlichen Grund genutzt hätte. Timo kam ein paar Tage später nochmal wieder. Paul wolle wissen, wie es uns gehe, ob zu mindestens ein paar Menschen abends noch wiederkämen zum Singen und Beten.

Und nun die Weihnachtskarte – ich würde so gern zurückschreiben, aber wohin. Seine Handynummer habe ich auch nicht und E-Mail? Keine Ahnung. Bei Facebook und XING habe ich gesucht, Paul und seine Begleiter bleiben verschwunden. „Seid allezeit fröhlich, betet ohne Unterlass, seid dankbar in allen Dingen: denn das ist der Wille Gottes in Christus Jesus an euch.", so hat er in der Weihnachtskarte geschrieben. Er habe sich so gefreut, unsere Gemeinschaft kennengelernt zu haben und wünscht uns für die Zukunft alles Gute.

Ich bin heute Nachmittag auf dem Weg von der Arbeit an der Elbe entlang gegangen. Einem Rosenverkäufer habe ich eine Blume abgekauft und bin zu der alten Frau hingegangen, habe ihr die Blume gegeben und einfach „Danke" gesagt. Sie hat mich angelächelt und mir mit dem Finger ein Kreuz auf die Stirn gemalt. „Der Herr sei mit dir", sagte sie und „Grüß Paul, wenn du ihn siehst."

„Seid allezeit fröhlich, betet ohne Unterlass, seid dankbar in allen Dingen; denn das ist der Wille Gottes in Christus Jesus für euch." (1. Thessalonicher 5, 16-18)

Auf einen Kaffee mit Gott

Ich möchte eine Geschichte erzählen, die ich vor einigen Wochen erlebte. Sie erscheint mir immer noch ein wenig sonderbar.

Mein Name ist Luca, ich bin Arzt, komme aus Israel und arbeite inzwischen in Deutschland im Krankenhaus. Aufgrund meines Engagements bei „Ärzte ohne Grenzen" bin ich im letzten Jahr viel rumgekommen in der Welt und habe viel gesehen – leidvolle Geschichten erlebt und Menschen glücklich gemacht, denen ich auf manchmal für uns einfache Weise helfen konnte. Viele Eindrücke hatten sich in meinem Kopf angesammelt. Nun hatte ich endlich Urlaub. Und ich hatte mir vorgenommen, eine Radtour mit der Familie entlang der Ruhr zu machen – einfach fahren und abends dort eine Übernachtungsmöglichkeit suchen, wo wir gerade sind. Ziemlich müde und abgespannt fuhr ich in Dortmund los und merkte bald, dass mir das Radfahren, die Bewegung, aber auch die Weite guttat. Immer leichter werdend trat ich in die Pedale und machte Kilometer. Die ersten Tage waren noch schwer, aber es ging immer leichter und immer öfter nahm ich auch andere Radfahrer wahr, die wie wir Richtung Duisburg fuhren.

Irgendwann aber merkte ich, dass ich immer noch Gedanken im Kopf hatte, die mich nicht losließen, Bilder aus dem Berufsalltag, von den Reisen in die Krisengebiete und Wut auf die Menschen, die für all diesen Krieg und Terror verantwortlich sind.

So radelte ich in Gedanken versunken die Ruhr entlang, als ich ein Schild am Wegesrand sah. Ein grünes Schild mit weißer Kirche und Radfahrerpiktogramm – ein Hinweis auf eine Radwegekirche. Es machte mich neugierig und ich entschied, die Kirche zu besuchen, hatte mir doch früher Glaube und Kirche geholfen, auch kritische Phasen im Leben zu meistern. Vielleicht würde es mich erleichtern, meine Gedanken vor Gott zu bringen. Wir waren nun auch einige Zeit ohne Pause gefahren, und ich merkte, dass eine Rast guttäte. Meine Familie fuhr vor, sie hatten noch genug Power und ihre Neugier war nicht so groß. Ich ließ mein Fahrrad vor der Kirchentür im Radständer stehen und betrat die Kirche, setze mich in eine der Bänke und mühte mich schwerlich mit dem Beten. Immer wieder stockte es mir und ich kam mir elend vor, die Gedanken nicht ordentlich formulieren zu können. Ich hatte das Gefühl, der Christus am Kreuz schaute mich etwas mitleidig an. So verließ ich die Kirche wieder – kaum erleichtert, eher etwas frustriert.

Als ich aus der Kirche kam, merkte ich auf. Dort saß auf einmal ein Mann an einem Tisch vor der Kirche und hatte vor sich zwei Becher heißen, duftenden Kaffee stehen. Beim Weg in die Kirche hatte ich ihn gar nicht bemerkt. Er sah mich und winkte mich zu ihm in Richtung des Tisches. „Guten Tag", sagte er. „Sie sehen aus, als ob Sie eine Pause gebrauchen könnten. Wenn Sie möchten hole ich Ihnen einen Stuhl und eine Tasse Kaffee." Ich schaute ihn an und überlegte kurz. „Ja, gerne." Er stand auf und kam nach kurzer Zeit mit einem dritten Stuhl und einem dritten Becher Kaffee wieder. Ich setzte mich und schaute mir den Mann an. Mittleres Alter, sportlicher Typ, etwas lässig, fläzte sich auf seinem Stuhl – er sah aus wie ein junger Handwerker auf Wanderschaft. „Trinken Sie ruhig", sagte er zu mir. „Wollen wir nicht warten, immerhin ist ihr Freund oder ihre Freundin noch nicht wieder da, oder?" „Kein Problem", meinte er „er ist schon da, wir können gerne

Kaffee trinken." Er grinste mich an. „Entschuldigung, ich vergaß mich vorzustellen. Mein Name ist Paul – herzlich willkommen vor dieser schönen Kirche auf einen Kaffee mit uns." „Mit uns?", fragte ich erstaunt und schaute mich um. „Ja, mit uns", sagte Paul und grinste mich wieder an. „Geht es Ihnen manchmal auch so – denn wir wissen nicht, was wir beten sollen, wie's sich gebührt?" Ich fühlte mich ertappt, das war doch genau das, was ich beim Gang aus der Kirche gedacht hatte. Paul grinste mich an. „Ich bin auf der Wanderschaft. Dieser Ort hier vor der Kirche ist wunderbar, unter dieser schönen Eiche gefällt es mir hervorragend. Ich sprach mit Gott und sagte, lass uns hier eine Pause machen und einen Kaffee trinken." Ungläubig schaute ich ihn an. „Wie? Mit Gott einen Kaffee trinken?", fragte ich. „Ja, klar", sagte Paul. „Sie wissen doch: Denen, die Gott lieben, dient alles zum Besten. Ich sage mit ganzem Herzen: Ja, ich liebe ihn. Ich empfinde tiefe Dankbarkeit, wenn die Sonne, die er geschaffen hat, warm auf meinen Frühstückstisch scheint. Ich liebe seine Bilder, den Sonnenuntergang mit seinen unbeschreiblichen, nicht nachzuahmenden Farben und die funkelnden Lichter in sternenklarer Nacht. Er ist immer für mich da – egal, wo ich gerade unterwegs bin, ob ich als Segelmacher arbeite oder faulenze, ob es schön ist, regnerisch oder anstrengend. Er hält seine schützende Hand über mich. Es ist mit ihm wie mit meinen besten Freunden. Ich kann mit ihm sprechen, er hört zu, wir sitzen zusammen – schweigend oder im Dialog. Ich gehe gerne mit ihm spazieren, am Liebsten einen Kaffee trinken. Und ich habe festgestellt: Gott liebt den Duft von frischem Kaffee. Ich liebe das Auskosten dieser Momente mit ihm." Die Worte trafen tief in mein Herz – eben noch hatte ich in der Kirche um die Worte im Gebet gerungen und nun saß hier ein wildfremder Mann, der mir klarmachte, dass er regelmäßig mit dem Allmächtigen einen Kaffee trinkt. Die Leichtigkeit faszinierte mich, Paul nahm mich gefangen mit seinen Bildern. Er beugte sich zu mir herüber: „Lieben Sie Gott?" Wärme umstrahlte mich, ich fühlte mich auf einmal umarmt und geborgen. Und erschrak über die Frage. „Geht das so einfach?", fragte ich zurück. „Sicher" antwortete Paul. „Bei mir war es nicht zwingend Liebe auf den ersten Blick – Faszination und Erschrecken – Nähe und Ferne, aber immer wieder angezogen sein, hingezogen fühlen. Tatsächlich brauchte ich erst einen Zusammenbruch auf einer Dienstreise in Damaskus, um zu verstehen, dass er für mich da ist. Da wurde mir klar: Er liebt mich! Und ich weiß: er liebt auch Sie." Dabei bohrte sich Pauls Finger in mein Brustbein.

„Wie ist das in Ihrer Familie? Ärgern Sie sich vielleicht, dass der Geschirrspüler nicht ausgeräumt ist oder die Schuhe immer im Gang stehen, und sie täglich einmal drüber stolpern. Ärgern Sie sich ruhig auch mal über Gott und bestimmt machen Sie auch nicht immer alles richtig oder wie war das mit den 10 Geboten? Gott liebt Sie bedingungslos. Auch wenn Sie nicht gerade wissen, was Sie beten sollen, wie Sie mit ihm reden sollen, auch wenn Sie nicht immer Hurra schreien und Halleluja. Eine gute Tasse Kaffee hilft zur Entspannung und für einen guten Gesprächsanfang. Er wird alles zum Besten dienen. Seien Sie aufmerksam, in welche schönen Ecken er Sie führt."

Dieser Typ war ansteckend – ich erzählte ihm, wie es mir in der Kirche ergangen war, dass ich die Worte nicht gefunden hatte, die ich wollte. Ich erzählte ihm von den letzten Wochen und Monaten, dem Stress und der Belastung, alles brach aus mir heraus – Paul und Gott saßen da und hörten zu, tranken Kaffee. Als ich fertig war, schaute Paul mich an, nahm einen tiefen Schluck aus seinem Kaffeebecher. „Amen.", sagte er. „Das war das beste Gebet, das ich seit langem gehört habe." Wieder dieser Blick: „Sie lieben Gott", er nickte mir zu. „und er liebt sie." Schweigend saßen wir da – nach einer ganzen Weile sagte Paul: „Das einzige kritische am Kaffeetrinken mit ihm ist, dass man den Zeitpunkt nicht verpassen darf, an dem sein Kaffee kalt wird." Paul tauschte die Becher mit Gott, trank einen tiefen Schluck und begann abzuräumen. Als er wiederkam, hatte er einen Rucksack auf dem Rücken. Er umarmte mich, dann legte er mir die Hand auf die Schulter und sprach ein kleines Gebet. Zum Schluss machte er mit seinem Zeigefinger ein kleines Kreuzzeichen auf meine Stirn. „Der Herr ist mit dir." Damit drehte er sich um und ging.

Ich habe lange noch dagesessen und den Moment unter der Eiche vor der Kirche genossen. Der Wind streichelte mein Gesicht, ein leichter Nieselregen kam auf – nichts störte mich. Ich fühlte mich geborgen. Und als ich weiterradelte, fühlte ich mich befreit.

Ach ja, eines noch – Paul habe ich nicht wiedergesehen, er war wie vom Erdboden verschluckt. Aber neulich kam ein Brief von ihm. Er sei auf dem Weg nach Rom. Ein Kaffeefleck war unten auf der Seite, direkt unter dem Satz: Denen, die Gott lieben, dient alles zum Besten.

„Desgleichen hilft auch der Geist unsrer Schwachheit auf.
Denn wir wissen nicht, was wir beten sollen, wie sich's
gebührt, sondern der Geist selbst tritt für uns ein mit
unaussprechlichem Seufzen. Der aber die Herzen erforscht,
der weiß, worauf der Sinn des Geistes gerichtet ist; denn er
tritt für die Heiligen ein, wie Gott es will. Wir wissen aber,
dass denen, die Gott lieben, alle Dinge zum Besten dienen,
denen, die nach seinem Ratschluss berufen sind."
(Römer 8, 26-28)

Segel setzen für Paul

Mein Name ist Hannes. Ich wohne in Hamburg, in der Nähe vom Harburger Binnenhafen und bin Produktionsleiter bei einer Yachtfirma. Segelschiffe sind meine Passion. Ich liebe die Ruhe auf dem Schiff – ob im Hafen oder auch auf See.

Mein eigenes Schiff liegt in Damp an der Ostsee und wenn möglich sind wir jedes Wochenende dort, übernachten auf dem Boot und fahren tagsüber ein paar Meilen Richtung Dänemark oder auch die Küste entlang nach Süden. Wir sind meine Frau Anna und ich. Ich liebe sie – eine großartige Frau, die mit mir dieses Hobby teilt. Meine Frau ist sehr gläubig, besucht regelmäßig Gottesdienste. Ich bin ohne Kirche aufgewachsen. Was habe ich mit Gott oder mit diesem Jesus zu tun? Den Weg meines Schiffes und mein Leben bestimme ich ganz allein. Aber aus Liebe zu meiner Frau habe ich mich taufen lassen. Ich weiß zwar nicht so genau warum, aber sie wollte unbedingt kirchlich heiraten und das ging nur, wenn ich getauft wäre. Es bedeutete mir wenig. Aber Anna nahm mich immer wieder in den Arm, den Kopf in ihre Hände. „Gott sieht dich liebevoll an", sagte sie immer wieder.

Ich habe mich also vor unserer Hochzeit taufen lassen. Bei all dem Trubel war ich froh, bald wieder auf dem Boot zu sein. Unsere Hochzeitsreise führte in die Schären vor Stockholm und es war wunderschön, laue Sommernächte. „Gott sieht dich liebevoll an, Hannes." Ich schmunzelte, aber überzeugt war ich noch nicht.

Bald hatte uns der Berufsalltag wieder. In der Produktion bekamen wir Probleme – zum einen mit der Lieferfähigkeit unserer Segel-Lieferanten, aber auch mit der Qualität der gelieferten Segel. Und so wurde es Zeit, Ausschau nach alternativen Lieferanten zu halten. Unser Einkaufsleiter Peter und ich wurden losgeschickt, und wir meldeten uns zu einer Konferenz nach Damaskus an – neue Stoffe für Anwendungsfälle aller Industrien, Trends der Materialforschung. Die Werbebroschüren versprachen ungewöhnlich hohe Qualitäten. Und eine Vielzahl von Herstellern, also potenzielle Lieferanten, waren im Ausstellerverzeichnis aufgeführt. Peter und ich flogen nach Damaskus. Wir besuchten Vorträge, schauten auf der Ausstellung herum und hatten Termine bei einzelnen, speziellen Lieferanten.

Insbesondere hatten wir eine Segeltuchfirma aus der türkischen Stadt Tarsus im Auge, deren Broschüre viel versprach. Auch hatten uns Kunden von diesen Produkten vorgeschwärmt. Wir waren also interessiert. Der Termin begann gut. Der Vertriebsleiter zeigte uns einige Segelstoffe, Beispiele für die Verarbeitung, machte auf Vor- und Nachteile aufmerksam. Wir waren uns einig, dass wir Probestücke haben wollten, um in der Produktion Tests, aber auch Segelprobetouren auf von uns hergestellten Yachten durchführen zu können.

Höflich wollten wir uns gerade verabschieden – einen Kaffee in Ruhe zu zweit trinken, während die Türken die Verträge fertig machten, da kam ein weiterer Mann dazu – ein widerlicher Kerl. Er schnauzte den Vertriebsleiter an, schimpfte auf seine Verkaufsmethoden, meinte, dass keine Tests notwendig seien. Arrogant behauptete er, dass die Segel seiner Firma – und er sei ja der Vorarbeiter der Segelmacher – gar keiner Tests bedürfen. Paul hieß der Typ. Er stand völlig unter Strom. Er habe von unseren

Produktionsproblemen gehört. Wir sollten uns mal an die eigene Nase fassen. Immerhin kenne er unsere heutigen Zulieferer sehr gut. Mit uns solle man keine Geschäfte machen, empfahl er seinem Vertriebsleiter. Paul ging mir ziemlich auf den Senkel. Wütend funkelte ich ihn an. „Wir behandeln unsere Lieferanten nicht schlecht", sagte ich. „Doch", sagte Paul und unsere Einkaufspreise seien viel zu niedrig, kein Wunder, dass die Qualität leide. Auf jeden Fall sei unsere Firma und unser Umgang mit den Lieferanten Thema auf der ganzen Messe. Man solle uns anzeigen, den Prozess wegen Verleumdung machen. Peter und ich schauten uns hilflos an, gaben dem Vertriebsleiter ein Zeichen. Wir verabschiedeten uns und versprachen, die Verträge morgen zu Ende zu verhandeln.

Wir tranken unseren Kaffee, schauten uns noch ein wenig um und verzichteten auf das Abendprogramm. Dieser Paul hatte uns ziemlich den Tag verdorben. Der Vorfall hatte gesessen.

Wir saßen abends in der Hotel-Lobby und tranken ein Glas Wein. Der Vertriebsleiter der Firma aus Tarsus stand auf einmal am Tresen, sie wohnten im gleichen Hotel. Er wolle sich entschuldigen. Das Verhalten von Paul sei ungebührend gewesen. Aber er müsse berichten, dass Paul irgendwie völlig gestresst sei. Früher war er besser drauf, viel ruhiger und ausgeglichener. Zwei Stunden nach unserem Gespräch sei er auf dem Stand mit einem Herzanfall zusammen-gebrochen. Er sei ins Krankenhaus eingeliefert worden und dort liege er jetzt. Aber er rege sich noch nicht wieder, spricht nicht, döst vor sich hin, so eine Art komaähnlicher Zustand. Geschieht ihm vielleicht auch recht, dachte ich. Wir tranken unseren Wein aus und gingen auf die Zimmer.

Immer noch ärgerte ich mich über Paul – blöder Kerl. Eine innere Stimme aber sagte: „Geh und lege ihm die Hand auf die Augen, dass er aufwache."

„Nein", dachte ich. Dann hörte ich Annas Stimme: „Gott sieht dich liebevoll an."

„Zu dem Blödmann gehe ich nicht, der hat mir eine Anzeige wegen Verleumdung angedroht – niemals."

„Gott sieht dich liebevoll an."

Irgendwie begann Paul mir leid zu tun. Der war ja auch völlig unter Strom.

„Nein, ich gehe da nicht hin."

„Was wäre, wenn das mir passieren würde?"

„Gott sieht dich liebevoll an."

Was hat Gott damit zu tun? Ich blieb auf dem Gang stehen und ging in mich. Hatte der Vertriebsleiter nicht gesagt, dass Paul früher anders war? Qualität wollte er ja liefern. Und wer kümmerte sich um ihn? Er tat mir ein wenig leid, hatte ich doch auch schon stressige Phasen in der Firma erlebt. Ich begann nachzudenken, was ich gerne in der Situation hätte.

Und so entschied ich mich, rief ein Taxi und fuhr zum Krankenhaus. Unterwegs rief ich Anna an und erzählte ihr von den Geschehnissen des Tages. „Gott möchte, dass du Paul hilfst.", sagte Anna. „Liebe Anna, Paul tut mir leid." „Geh hin, Hannes, und halte seine Hand."

Kurze Zeit später saß ich bei Paul am Bett – Schläuche, Kabel, Überwachungsgeräte. „Was wollte ich hier?" - „Gott sieht dich liebevoll an" - „Wenn mich, dann sicherlich auch Paul." Ich war beeindruckt von dem großen, muskulösen Kerl, der da im Bett lag. Ich hielt seine Hand, sprach zu ihm, dass alles gut werden würde, er sich wegen der Preise keine Gedanken zu machen brauche, wir fair mit der Firma aus Tarsus umgehen würden. An Pauls Krankenbett hatte ich über einiges in unserer Produktion nochmal nachgedacht. Ich legte ihm eine Hand auf Augen, wollte seine Stirn fühlen. Er begann sich zu regen. „Gott sieht dich liebevoll an", sagte ich laut und machte ein Kreuzzeichen mit den Fingern auf seine Stirn. Seine Augen öffneten sich und er schaute mich überrascht an. Ich gebot ihm mit einer Geste zu schweigen und ging.

Viele Jahre später erhielt ich einen Brief von ihm aus Rom. Danke stand darauf – er habe zum Glauben zurückgefunden und sei pur beeindruckt, wie Gott durch mich geholfen habe. Er erzähle allen von seinem Damaskus-Erlebnis. Es ist aber nicht nur sein Damaskus-Erlebnis, sondern auch meins, weiß ich doch jetzt, was Anna meinte: „Gott sieht dich liebevoll an."

"Saulus aber schnaubte noch mit Drohen und Morden gegen die Jünger des Herrn und ging zum Hohenpriester und bat ihn um Briefe nach Damaskus an die Synagogen, dass er Anhänger dieses Weges, Männer und Frauen, wenn er sie fände, gefesselt nach Jerusalem führe. Als er aber auf dem Wege war und in die Nähe von Damaskus kam, umleuchtete ihn plötzlich ein Licht vom Himmel; und er fiel auf die Erde und hörte eine Stimme, die sprach zu ihm: Saul, Saul, was verfolgst du mich? Er aber sprach: Herr, wer bist du? Der sprach: Ich bin Jesus, den du verfolgst. Steh auf und geh in die Stadt; da wird man dir sagen, was du tun sollst. Die Männer aber, die seine Gefährten waren, standen sprachlos da; denn sie hörten zwar die Stimme, sahen aber niemanden. Saulus aber richtete sich auf von der Erde; und als er seine Augen aufschlug, sah er nichts. Sie nahmen ihn aber bei der Hand und führten ihn nach Damaskus; und er konnte drei Tage nicht sehen und aß nicht und trank nicht. Es war aber ein Jünger in Damaskus mit Namen Hananias; dem erschien der Herr und sprach: Hananias! Und er sprach: Hier bin ich, Herr. Der Herr sprach zu ihm: Steh auf und geh in die Straße, die die Gerade heißt, und frage in dem Haus des Judas nach einem Mann mit Namen Saulus von Tarsus. Denn siehe, er betet und hat in einer Erscheinung einen Mann gesehen mit Namen Hananias, der zu ihm hereinkam und ihm die Hände auflegte, dass er wieder sehend werde. Hananias aber antwortete: Herr, ich habe von vielen gehört über diesen Mann, wie viel Böses er deinen Heiligen in Jerusalem angetan hat; und hier hat er Vollmacht von den Hohenpriestern, alle gefangen zu nehmen, die deinen Namen anrufen. Doch der Herr sprach zu ihm: Geh nur hin; denn dieser ist mein auserwähltes Werkzeug, dass er meinen Namen trage vor Heiden und vor Könige und vor das Volk Israel. Ich will ihm

zeigen, wie viel er leiden muss um meines Namens willen. Und Hananias ging hin und kam in das Haus und legte die Hände auf ihn und sprach: Lieber Bruder Saul, der Herr hat mich gesandt, Jesus, der dir auf dem Wege hierher erschienen ist, dass du wieder sehend und mit dem Heiligen Geist erfüllt werdest. Und sogleich fiel es von seinen Augen wie Schuppen, und er wurde wieder sehend; und er stand auf, ließ sich taufen und nahm Speise zu sich und stärkte sich. Saulus blieb aber einige Tage bei den Jüngern in Damaskus. Und alsbald predigte er in den Synagogen von Jesus, dass dieser Gottes Sohn sei."

Apostelgeschichte 9, 1-20

Neugeboren – eine große Frage

Paul saß neben mir im Garten des Pfarrhauses in Traenheim im Elsass. Mitten im elsässischen Dorf in den Weinbergen saßen wir – und aßen selbstgebackene Rhabarbertorte mit Mandeln. Und auf ebenso einer Mandel lutschte Paul scheinbar noch rum, die Augen geschlossen. Er hatte den Rucksack und seinen Wanderstock neben sich im Gras stehen und die Wanderstiefel ausgezogen. Die Beine ausgestreckt, lagen die Füße auf einem gegenüberliegenden Stuhl. So saß er da, lutschte auf einer Mandel. Er hatte den Becher Kaffee in den Händen, die auf seinem Bauch lagen.

So saßen wir da – die Torte war lecker gewesen. Es war der Ausklang eines Festes im Pfarrgarten. Ein alter Brunnenschacht war vor Jahren vom Pastor und einigen Gemeindemitgliedern beim Aufräumen im Garten gefunden worden. Drinnen versenkt waren noch die Einfassungen und der Aufsatz mit schönen Ornamenten. In schwerer Arbeit mit Hilfe von Traktoren hatten sie die Steine aus dem Brunnen geholt. Nun war der Brunnen wieder nahezu in seinen ursprünglichen Zustand versetzt worden. Und er bildete einen perfekten Mittelpunkt und seine Wiedereröffnung war Anlass für ein Gemeindefest im Garten gewesen. Ein rauschendes Fest mit einem Gottesdienst, einer Taufe mit Brunnenwasser und – natürlich - einer kleinen Weinprobe der anwesenden Winzer des Dorfes. Die Erwachsenen saßen in Gruppen zusammen. Die Kinder tobten durch den Garten. Paul und ich hatten uns zurückgezogen, saßen direkt am Pfarrhaus und hatten die Rhabarbertorte von Sophie, Pastors Frau, genossen. Sehr lecker.

Paul saß immer noch mit geschlossenen Augen da, als zwei Kinder zu uns kamen. Emma schaute Paul mit schrägem Kopf an, guckte, dachte nach und stupste ihn mit dem Zeigefinger an die linke Schulter. Paul schlug die Augen auf. „Paul, Charlie hat gesagt, dass du ein gelehrter Mann bist." Ich empfand eine gewisse Belustigung, hörte leise wie die Mandeln zwischen seinen Zähnen knackte. Paul schaute die beiden an: „Hm, und was meinst du, Charlie, ist ein gelehrter Mann?"

„Na, ein Mann, der viel weiß und anderen etwas beibringen kann – so einer wie du halt."

„Aha, und du meinst, dass ich viel weiß?"

„Na klar", schaltete sich Emma ein. „Das haben wir sofort erkannt heute Morgen." Paul hatte am Vormittag im Gottesdienst gepredigt. Und zugegebenermaßen hatte er faszinierend erzählt. Lebenserfahrung wurde deutlich, wenn er sprach.

„Ah ja, das habt ihr sofort erkannt. Ich weiß aber gar nicht so viel", bemerkte Paul.

„Doch", sagte Charlie. „Du weißt viel über Jesus, über Gott und seinen Heiligen Geist. Und du kannst die Bibel auswendig."

„Nun mal langsam, junger Freund. Ja, ich liebe die Bibel und Jesus ist mein bester Freund. Insofern kann ich viel von ihm erzählen. Auch habe ich mich sicherlich einige Zeit mit Theologie beschäftigt, aber ich kann beispielsweise ganz wenig Physik, Chemie und Mathematik. Ich habe nämlich eigentlich Segelmacher gelernt." Paul grinste den kleinen Charlie an.

„Das macht ja nichts, trotzdem bist du ein gelehrter Mann – du zeigst uns auch etwas, zum Beispiel wie man mit Jesus sprechen kann." Charlie grinste ihn an.

„Außerdem finde ich dich stark", sagte Emma. „Du hast gesagt, dass Gott alle Kinder liebhat, dass wir uns nicht fürchten müssen. Das macht Mut – du hast ja auch keine Angst."

Ich sah, wie es Paul durchzuckte. Ich kannte ihn schon länger und wusste, dass er schwere Phasen hinter sich hatte und nicht alles leicht gewesen war.

„Angst habe ich schon manchmal – ich bin ja auch nur ein Mensch. Beispielsweise, wenn es ganz dunkel im Wald ist und ich es knacken höre. Aber Mut habe ich, die Angst zu überwinden, weil ich weiß, dass Gott mit mir ist."

Emma sah ihn an. „Dann bist du aber ganz schön stark, wenn du weißt, wie man durch den dunklen Wald kommt – da habe ich nämlich auch manchmal Angst."

Paul hob die Füße von der Bank und nahm die kleine Emma auf den Schoß. „Häufig hilft Pfeifen gegen die Angst – ein Lied macht Mut. Und dann singe ich mit Gott, bete und rede mit ihm."

Charlie lehnte sich gegen Pauls Bein: „So einfach ist das?"

Paul atmete tief ein. „Jein. Ich musste es erst lernen. Ich habe früher viel gearbeitet und habe mich viel geärgert über andere Menschen. Die taten nämlich nicht immer das, was ich dachte, dass sie tun sollten."

Charlie grinste: „Das kenne ich. Emma tut eigentlich nie, was ich ihr sage."

Emma verzog das Gesicht: „Du hast mir auch nichts zu sagen."

Paul lächelte. „Naja, bei euch kann ich das nicht beurteilen. Aber ich lag damals falsch. Und ich hatte irgendwann echt keine Lust mehr auf die Arbeit. Irgendwann war ich richtig krank."

Charlie schaute Emma an: „Na, dann weiß ich jetzt, wo das Bauchweh herkommt."

„Gar nicht", Emma streckte ihm die Zunge raus.

„Stopp", sagte Paul. „Erst meine Geschichte. Ich war im Krankenhaus und da saß einfach ein Mann den ganzen Tag neben mir. Er hat nichts gesagt, war einfach da. Hannes hieß er, habe ich später herausgefunden. Er ging ohne Worte, hat mir nur mit den Fingern ein Kreuz auf die Stirn gemacht und einen kleinen Segen gesprochen. Ich habe ihn nie wieder getroffen. Aber seitdem passe ich besser auf mich auf. Ehrlich gesagt, hatte ich nach ein paar Tagen das Gefühl, es hätte mir jemand einen schweren Rucksack abgenommen. Ich war richtig erleichtert. Ich bin dann in eine Kirche gegangen. Da waren Menschen, die mich in den Arm nahmen, mich begrüßten und mit mir gebetet haben. Auf einmal war es leicht. Und irgendwie hatte ich das Gefühl, dass mich der Jesus vom Kreuz anlächelte – Hallo Paul, schön, dass du da bist! Ich fühlte mich wie neu geboren."

„Das geht doch gar nicht", sagte Charlie. „Papa kam neulich auch aus der Dusche und sagte, er fühle sich wie neu geboren. Das ist doch Quatsch. Ich habe jedenfalls noch keinen Menschen zurück in den Bauch seiner Mutter verschwinden sehen, dann wurde er nochmal geboren. Geht auch gar nicht. Oma lebt schon nicht mehr."

Ein befreiendes, fröhliches Lachen erscholl aus Pauls Mund und er nahm nun auch Charlie auf den Schoß. Ich grinste in mich hinein. Da saß dieser Wanderprediger im Garten eines Pastors und hatte nun zwei Kinder auf dem Schoß, um ihnen zu erklären, wie man neu geboren wird.

Paul strich Charlie mit der Hand über das Haar. „Ich kenne viele Menschen, die erst traurig sind, Angst vor vielen kleinen Dingen haben. Und dann treffen Sie Menschen, die ihnen von Jesus erzählen, ihnen zuhören, sie in den Arm nehmen oder auf den Schoß."

„Und dann?" fragte Emma.

„Dann wird es Ihnen manchmal ganz leicht, viele Ängste lösen sich auf. Und sie werden durchströmt von Freude und Begeisterung. Manche merken auf einmal, wie Sonnenstrahlen sie wärmen, sie sehen Vögel, die sie vorher nie gesehen haben. Das Grün der Bäume erleben sie viel intensiver. Und manchmal hört man ein leises Halleluja."

„Und dann sind sie neu geboren?" fragte Emma.

Paul grinste. „Naja, nicht wie Charlie sagte: wieder rein in Bauch, Luft holen und wieder raus. Aber wenn du sie fragst, fangen sie neu an. Das ist, als ob sie neu geboren werden."

Charlie schaute nachdenklich. „Ist das der Heilige Geist, von dem du heute Morgen erzählt hast? Der die Menschen begeistert und durchströmt?"

Paul umarmte den kleinen Charlie etwas fester. „Ja, das glaube ich. Gott ist für uns da. Wie ein Vater schaut er auf seine Kinder. In Jesus begleitet er uns wie ein Bruder oder eine Schwester. Und der Heilige Geist bringt Lebensfreude und Begeisterung."

„Klappt aber nicht immer gut mit den Geschwistern…" sagte Emma und schaute Charlie böse an. „Charlie nimmt das letzte Stück Schokoladenkuchen, das Mama extra für mich aufgehoben hatte."

Paul nahm Emma nun auch fester in den Arm. „Das wirst du noch lernen, dass Charlie für dich da ist, wenn es dir schlecht geht. Ich glaube, dass das Stück Schokoladenkuchen ein kleines Problem ist, oder?"

„Ich wollte es aber so gerne." Eine kleine Träne rann die Nase runter.

„Das glaube ich dir, Emma", sagte Paul. „Aber da hinten steht noch eine ganze Platte mit Schokoladenkuchen." Er zeigte mit dem Finger an Charlie vorbei in Richtung eines Tisches. „Weißt du, Emma, manchmal muss man den Kopf heben, um zu sehen, dass ein kleines Problem gar nicht groß werden muss. Es ist immer genug Schokokuchen da. Und nun lauft los – ich glaube, auf dem einen Stück steht „für Emma" und auf dem anderen „für Charlie". Man muss zupacken, wenn das Glück vorbeikommt – oder wenn Mama neuen Schokokuchen bringt. Man weiß halt nie, wann der richtige Moment ist, aber verpasst ihn nicht. Abmarsch!" Paul grinste.

Charlie war schon runtergesprungen. „Erster ohne Streit", rief er und lief los.

„Warte", rief Emma, sprang runter, drehte sich nochmal um, nahm Paul kurz in den Arm. „Danke", flüsterte sie. „Für mich bist du ein Engel." Dann lief sie los.

Paul sah mich an. Er schenkte sich Kaffee ein, legte die Füße wieder auf den Sitz und schloss die Augen wieder. „Kinder, Kinder", murmelte er. „Wenn manchmal nur die Erwachsenen fragen würden…" Kurz danach vernahm ich ein leises Schnarchen.

„Es war aber ein Mensch unter den Pharisäern mit Namen Nikodemus, ein Oberster der Juden. Der kam zu Jesus bei Nacht und sprach zu ihm: Rabbi, wir wissen, dass du ein Lehrer bist, von Gott gekommen; denn niemand kann die Zeichen tun, die du tust, es sei denn Gott mit ihm. Jesus antwortete und sprach zu ihm: Wahrlich, wahrlich, ich sage dir: Wenn jemand nicht von Neuem geboren wird, so kann er das Reich Gottes nicht sehen. Nikodemus spricht zu ihm: Wie kann ein Mensch geboren werden, wenn er alt ist? Kann er denn wieder in seiner Mutter Leib gehen und geboren werden? Jesus antwortete: Wahrlich, wahrlich, ich sage dir: Wenn jemand nicht geboren wird aus Wasser und Geist, so kann er nicht in das Reich Gottes kommen. Was aus dem Fleisch geboren ist, das ist Fleisch; und was aus dem Geist geboren ist, das ist Geist. Wundere dich nicht, dass ich dir gesagt habe: Ihr müsst von Neuem geboren werden. Der Wind bläst, wo er will, und du hörst sein Sausen wohl; aber du weißt nicht, woher er kommt und wohin er fährt. So ist ein jeder, der aus dem Geist geboren ist. Nikodemus antwortete und sprach zu ihm: Wie mag das zugehen? Jesus antwortete und sprach zu ihm: Du bist Israels Lehrer und weißt das nicht? Wahrlich, wahrlich, ich sage dir: Wir reden, was wir wissen,

und bezeugen, was wir gesehen haben, und ihr nehmt unser Zeugnis nicht an. Glaubt ihr nicht, wenn ich euch von irdischen Dingen sage, wie werdet ihr glauben, wenn ich euch von himmlischen Dingen sage? Und niemand ist gen Himmel aufgefahren außer dem, der vom Himmel herabgekommen ist, nämlich der Menschensohn. Und wie Mose in der Wüste die Schlange erhöht hat, so muss der Menschensohn erhöht werden, auf dass alle, die an ihn glauben, das ewige Leben haben. Denn also hat Gott die Welt geliebt, dass er seinen eingeborenen Sohn gab, auf dass alle, die an ihn glauben, nicht verloren werden, sondern das ewige Leben haben."

Johannes 3, 1-16

Abendmahl feiern...

Thomas ging die Straße entlang. Er war abends auf dem Weg zur Arbeit in das diakonische Pflege- und Altenheim. Der Familienvater war gestresst. Drei Kinder sind anstrengend – ein Sohn auf der weiterführenden Schule, eine Tochter in der Grundschule und einen Sohn im Kindergarten. Zu Hause war einfach immer etwas los. Seine Frau arbeitet in einem Lebensmittel-Laborbetrieb – Analysen der Lebensmittelkontrolle. Beide übten sie Ehrenämter aus. Thomas engagierte sich seit langem in der Flüchtlingshilfe im Ort und Sonja war Elternratsvorsitzende auf dem Gymnasium. Naja, und irgendwie waren sie immer gefragt, wenn Not am Mann war. Heute war es auch wieder anstrengend gewesen. Alle Kinder hatten nacheinander ihre drolligen fünf Minuten. Und so war er froh, jetzt zur Arbeit zu gehen. Er leitete die Pflegestation des Diakonischen Werkes und war verantwortlich für Dienstplan und Pflegequalität. Er ging durch den kühlen Abend, war durch den Park auf dem Weg zum Bus, der ihn zur Arbeit bringen würde – Spätschichtbetreuung. Thomas ließ den Gedanken freien Lauf und kam zur Bushaltestelle. Dort saß ein Wanderer, zu mindestens sah er wie einer aus. Er saß da, hatte seinen Rucksack und einen Wanderstock neben sich gestellt und lächelte Thomas an.

„Guten Abend", er nickte Thomas an. „Ich heiße Paul. Wollen Sie auch mit dem Bus fahren?" „Ja", sagte Thomas. „Ich fahre zur Arbeit – Spätschicht im Altenheim." „Hm", summte Paul. „Nicht einfach, oder?" „Aber erfüllend", entgegnete Thomas. „Ich kann Menschen helfen, würdig im Alter zu leben. Wohin wollen Sie?" „Weiß ich noch nicht... vielleicht komme ich einfach mit Ihnen mit. Ich suche noch ein Bett für die Nacht. Gibt es in der Nähe des Altenheims etwas?" „Naja, in der Nähe ist eine Kirchengemeinde und diese ist auch Pilgerherberge. Ich kann den Pastor anrufen. Wenn sie einen Pilgerausweis haben?" Paul grinste. „So ein Stück Papier habe ich nicht, aber ich wandere nun schon so an die 2.000 km in den letzten drei Jahren durch Europa und erzähle den Menschen von Gott. Andere nennen das vielleicht auch Pilgern." Thomas bemerkte einen schelmischen Gesichtsausdruck auf Pauls Gesicht. „Ich rufe den Pastor an", sagte er schnell und 5 Minuten später hatte er für Paul eine Bleibe organisiert. „Danke", sagte Paul. „Darf ich einen Moment mit zu Ihnen zur Arbeit kommen? Ich würde gerne mal sehen, wie das abends so abläuft." Thomas war verwundert, er fand es definitiv nicht spektakulär. Aber er hatte das Gefühl, Paul den Wunsch nicht abschlagen zu können.

Und so saßen Paul und Thomas eine halbe Stunde später im großen Aufenthaltsraum der Pfleger des Alten- und Pflegeheims. Es war der Zeitpunkt kurz vor dem Abendessen der alten Menschen, es war die Zeit des Abendessens der Pfleger. Unordentlich sah es im Aufenthaltsraum aus. Sie hatten das gleiche Essen wie die Bewohner, das nebenan im Dienstraum stand. „Ich gehe schnell nach nebenan und hole mir eine Scheibe Mettwurst vom Tablett für Frau Müller, die isst sie sowieso nicht", hörten Paul und Thomas einen Pfleger sagen. „Bring mir doch den Joghurt von Herrn Schmidt mit", rief eine Pflegerin hinterher. „Und noch ein bisschen Tee, es bleibt doch sowieso immer so viel über", rief ein Dritter. Thomas ärgerte sich. Er hatte häufig versucht, gegen das Chaos anzukämpfen. Außerdem hasste er die Plünderaktionen der Kollegen. Aus seiner Sicht hatte jeder Bewohner sein Tablett verdient, auch wenn immer etwas übrigblieb. Er drehte sich um und sah Paul an. Dieser hatte einen hochroten Kopf. Sichtlich erregt war er über das Schauspiel, das sich ihm hier bot. Thomas hörte, dass Paul tief durchatmete, und überlegte gerade, wie er ihm das erklären sollte, als dieser aufstand. Paul ging langsamen Schrittes durch den Raum zur Küchenzeile, griff sich ein Brett, einen Kanten Brot und ein Messer. Langsam und bedächtig schnitt er das Brot in kleine Würfel und legte diese auf einen Teller. Danach griff er sich eine Tüte Traubensaft und ein großes Weinglas. Thomas fragte sich, was er vorhatte, fand es seltsam, merkte aber, dass Paul summte und seine Gesichtsfarbe normal wurde. Keiner der anderen merkte es. Der Lärm und die Unordnung waren immer noch riesig. Thomas sah, wie Paul kurz innehielt, Brot und Traubensaft nahm, zu einem leeren Platz in der Mitte des Tisches ging und beides dort abstellte. Er schaute kurz nach oben und summte wieder – es klang irgendwie vertraut.

Es verwirrte Thomas, aber er war gespannt, was als nächstes passieren würde. Paul verließ den Platz und begann – immer noch summend – den Tisch ein wenig aufzuräumen. Jetzt erst bemerkten die ersten, dass hier etwas passierte. Thomas hörte die Melodie, kannte das Sanctus und begann leise mitzusummen. Es war eine diakonische Einrichtung der Kirche und natürlich waren hier viele Pfleger bekennende Christen. Der Lärm wurde leiser, und mit Pauls Gang um den Tisch wich die Unordnung. Er lächelte jeden Einzelnen kurz an, drückte kurz eine Schulter, schob liebevoll eine Hand beiseite, um etwas zurechtrücken zu können. Zum Schluss platzierte er den kleinen Blumentopf in der Mitte neu und stellte den Teller mit Brot und das Glas Traubensaft hin. Er summte wieder, lauter werdend und als er in der Mitte an seinem Platz stand, waren alle anderen verstummt und schauten ihn an. Er begann das Sanctus zu singen und langsam stimmten alle mit ein.

Er bedeutete allen aufzustehen, dann nahm er den Teller mit Brot und sprach:

„Unser Herr Jesus Christus, in der Nacht, da er verraten ward, nahm er das Brot, dankte und brach's und gab's seinen Jüngern und sprach: Das ist mein Leib, der für euch gegeben wird. Solches tut zu meinem Gedächtnis."

Ergriffen schauten alle Paul an, als er den Teller absetzte, innehielt und dann das Glas Traubensaft in die Hand nahm.

„Desgleichen nahm er auch den Kelch nach dem Abendmahl, dankte und gab ihnen den und sprach: Nehmet hin und trinket alle daraus, dieser Kelch ist der neue Bund in meinem Blut, das für euch vergossen wird zur Vergebung der Sünden. Solches tut, sooft ihr's trinkt, zu meinem Gedächtnis."

Paul setzte den Traubensaft wieder ab und schaute alle an. Er faltete die Hände und begann zu beten:

Vater unser im Himmel

Geheiligt werde dein Name

Dein Reich komme

Dein Wille geschehe

Wie im Himmel so auf Erden

Unser tägliches Brot gib uns heute

Und vergib uns unsere Schuld

Wie auch wir vergeben unseren Schuldigern

Und führe uns nicht in Versuchung

Sondern erlöse uns von dem Bösen

Denn dein ist das Reich und die Kraft und die Herrlichkeit in Ewigkeit.

Amen.

Als alle zusammen geendet hatten, begann Paul wieder zu singen und inzwischen waren alle so von der Atmosphäre gefangen, dass sofort alle einstimmten.

„Christe, du Lamm Gottes, der du trägst die Sünd der Welt, erbarm dich unser. Christe, du Lamm Gottes, der du trägst die Sünd der Welt, erbarm dich unser. Christe du Lamm Gottes, der du trägst die Sünd der Welt, gib uns deinen Frieden. Amen."

Im Anschluss nahm Paul das Brot, drehte sich zu dem Pfleger links von ihm und reichte ihm ein Stück Brot – „Christi Leib – für dich gegeben". Der Teller mit dem Brot wanderte um den Tisch, einer reichte ihm dem anderen weiter. Desgleichen nahm Paul den Traubensaft. „Christi Blut – für dich vergossen." Thomas war der letzte und reichte Paul erst Brot, dann Wein.

Es war still im Raum.

Paul sah sich um, hob segnend die Hände.

„Jesus Christus spricht: Ich bin das Licht der Welt. Wer mir nachfolgt wird nicht im Finstern wandeln. Der Leib und das

Blut Jesus Christi stärken und bewahren euch im Glauben zum Leben. Gehet hin im Frieden – der Herr ist mit euch."

Paul faltete die Hände. „Lasst uns beten"

„Herr Jesus Christus, in deinem Mahl erhalten wir Anteil an deiner Liebe zu den Menschen. Du rufst uns auf den Weg des Friedens. Wir danken dir. Gehe du stets mit uns, wenn wir von hier gehen und dorthin aufbrechen, wohin du uns sendest. Dir sei Ehre in Ewigkeit. Amen."

Paul schaut alle an – liebevoll, entspannt, zufrieden – keiner sagte etwas. „Und nun feiert Abendmahl in jedem der Zimmer, in die ihr das Essen bringt. Erinnert sie, dass der Tod überwunden ist und wir eine Gemeinschaft im Geist sind und Jesus Christus mit uns ist jeden Tag." Thomas sah, wie langsam alle den Raum verließen, ergriffen, aufgewühlt. Und einige Zeit später hörte man ein Sanctus auf allen Gängen.

„Es kam nun der Tag der Ungesäuerten Brote, an dem man das Passalamm opfern musste. Und er sandte Petrus und Johannes und sprach: Geht hin und bereitet uns das Passalamm, damit wir's essen. Sie aber fragten ihn: Wo willst du, dass wir's bereiten? Er sprach zu ihnen: Siehe, wenn ihr hineinkommt in die Stadt, wird euch ein Mensch begegnen, der trägt einen Wasserkrug; folgt ihm in das Haus, in das er hineingeht, und sagt zu dem Hausherrn: Der Meister lässt dir sagen: Wo ist die Herberge, in der ich das Passalamm essen kann mit meinen Jüngern? Und er wird euch einen großen Saal zeigen, schön ausgelegt; dort bereitet das Mahl. Sie gingen hin und fanden's, wie er ihnen gesagt hatte, und bereiteten das Passalamm. Und als die Stunde kam, setzte er sich nieder und die Apostel mit ihm. Und er sprach zu ihnen: Mich hat herzlich verlangt, dies Passalamm mit euch zu essen, ehe ich leide. Denn ich sage euch, dass ich es nicht mehr essen werde, bis es erfüllt wird im Reich Gottes. Und er nahm den Kelch, dankte und sprach: Nehmt ihn und teilt ihn unter euch; denn ich sage euch: Ich werde von nun an nicht trinken von dem Gewächs des Weinstocks, bis das Reich Gottes kommt. Und er nahm das Brot, dankte und brach's und gab's ihnen und sprach: Das ist mein Leib, der für euch gegeben wird; das tut zu meinem Gedächtnis. Desgleichen auch den Kelch nach dem Mahl und sprach: Dieser Kelch ist der neue Bund in meinem Blut, das für euch vergossen wird! Doch siehe, die Hand meines Verräters ist mit mir am Tisch. Denn der Menschensohn geht zwar dahin, wie es beschlossen ist; doch weh dem Menschen, durch den er verraten wird! Und sie fingen an, untereinander zu fragen, wer es wohl wäre unter ihnen, der das tun würde."

Lukas 22, 7-23

Leben im Herrn

Michael saß im Zug, auf dem Weg zu einer Konferenz, nichts Ungewöhnliches für einen Unternehmensberater. Der Vortrag, den er halten sollte, war natürlich noch nicht ganz fertig, aber die Fahrt von Hamburg nach München war als Arbeitszeit eingeplant. Extra hatte er sich einen Platz im Abteil reserviert, am Fenster, sein Laptop auf den Tisch gestellt und die Internetverbindung eingerichtet. Er war in die Arbeit vertieft und merkte zunächst gar nicht, dass in Hannover ein Mann ihm gegenüber Platz nahm. Er sah aus wie ein Handwerker auf der Walz, groß von Statur und mit einem großen Rucksack. Der Mann lächelte ihn freundlich an, nickte ihm zu und nahm ein Buch zur Hand. Michael schüttelte innerlich ein wenig den Kopf über diesen sonderbaren Typen, froh, dass dieser ihn nicht ansprach – reine Zeitverschwendung.

„Können Sie über's Wasser gehen?" – der Handwerker-Typ lächelte ihn an.

Michael schaute kurz hoch: „Natürlich nicht." Und arbeitete weiter – definitiv war es einfach nicht mehr viel Zeit, der Vortrag war das eine, aber sein Chef wollte unbedingt auch noch einen Bericht. Die Finanzzahlen der Abteilung sahen nicht gut aus. Zu wenig Aufträge und Konflikte im Team über den richtigen Weg, Neid untereinander und Streit über Nichtigkeiten, Dinge die einige richtig fanden und andere nicht.

„Haben Sie es mal versucht?"

Michael atmete hörbar ein. „Nein".

„Petrus konnte es."

Jetzt war er raus! Der Gedanke, den er eben zentral in die Präsentation einbauen wollte, war weg.

„Was soll das? Wir sitzen in einem Zug – über´s Wasser gehen macht doch gar keinen Sinn. Und verdammt, ob Petrus über´s Wasser gehen konnte oder nicht, interessiert doch nicht die Bohne."

Sein Gegenüber senkte das Buch, schaut ihn freundlich an und streckte eine Hand aus. „Guten Tag, ich heiße Paul."

Michael erinnerte sich seiner guten Sitten und ergriff die Hand. „Guten Tag, Michael. Ich würde gerne weiterarbeiten. Ich bin mit einem sehr wichtigen Vortrag beschäftigt, den ich heute Abend in München halten muss – und ehrlich gesagt, ziemlich am Verzweifeln. Da kann ich ein Gespräch über irgendeinen Petrus und seinen magischen Gang über das Wasser nicht gebrauchen." Michael wollte sich wieder in die Arbeit versenken.

„Das war nicht magisch – solange er Gott vertraute, Jesus anschaute, ging er über das Wasser, klar fokussiert, großartig. Als kleine Wellen kamen, bekam er Angst, schaute auf seine Füße und versank im Wasser. Faszinierend! Als glaubender Mensch und mit Vertrauen auf Gott konnte er über´s Wasser gehen."

„Vielleicht wusste er ja auch einfach, wo die Steine waren." erwiderte Michael spöttisch und widmete sich wieder dem Vortrag und den Zahlen, versuchte seine Gedanken wieder zu ordnen.

„Da waren keine Steine. Aber ich finde es schon schön zu wissen, dass derjenige, der sich Gott anvertraut, der die Sorgen und Ängste in Jesu Hände legt, Unglaubliches leisten kann. ... Ihre Folien könnten übrigens bunter sein und ein Hinweis auf die direkte Kontaktaufnahme zu den Kunden wäre super, die Menschen lieben persönlichen Kontakt – ist viel besser als per mail oder Facebook."

„Woher kennen Sie meine Folien?" fragte Michael verdutzt.

„Keine Magie – ein Spiegel hinter Ihnen. Ah, da kommt der Kaffee."

Tatsächlich kam jetzt die freundliche Dame aus dem Bistrowagen mit zwei dampfenden und nach frischen Kaffee duftenden Bechern. Paul bedankte sich und stellte Michael ebenfalls einen hin.

„Bitte schön, eine kleine Pause wird ihnen guttun. Ich liebe diesen Duft von frischen Kaffee."

Mit einem üppigen Trinkgeld verabschiedete Paul die Dame vom Service-Team.

„Danke", sagte Michael. „Und Entschuldigung für meine Pampigkeit. Ich bin wohl momentan nicht gut drauf." Das Lächeln von Paul war entwaffnend.

Beide tranken einen Schluck aus ihrem Becher. Michael entschied, dass es sicherlich mehr Sinn machte, zu schauen, ob Paul in Kassel oder Fulda wieder ausstieg und dann in Ruhe weiterzuarbeiten. Außerdem funktionierte das Internet nicht mehr.

„Was lesen Sie denn eigentlich für ein Buch?" fragte Michael.

„Ach, ein ziemlich altes. Es erschien 1973 von Michael Ende und handelt von einem kleinen Mädchen namens Momo. Kennen Sie es?"

Michael erinnerte sich. Als Kind hatte er den Film im Kino gesehen. „Ich kenne es, aber die Handlung habe ich vergessen."

„Momo ist ein kleines Mädchen und lebt in einem Amphitheater. Sie kann richtig gut zuhören. Die Kinder und die Erwachsenen kommen zu ihr und erzählen. Und sie erleben Geschichten und Fantasie. Beppo Straßenkehrer und Gigi Fremdenführer sind ihre besten Freunde. Alles scheint gut und harmonisch, bis die grauen Herren, die Agenten der Zeitsparkasse, in die Stadt kommen. Die Menschen sollen Zeit für später sparen. Die Menschen arbeiten immer schneller und nehmen sich immer weniger Zeit für die schönen Seiten im Leben, immer weniger Zeit für die Freunde. Das Leben in der Stadt wird grau und trist. Momo merkt, dass die Menschen unglücklich werden. Mit Hilfe einer Schildkröte namens Kassiopeia entkommt Momo den grauen Herren und lernt Meister Hora kennen, der den Menschen die Lebenszeit zuweist. Meister Hora lehrt sie die Zeit und zeigt ihr die Stundenblumen. Die beiden wollen die Menschen retten. Meister Hora hält für eine Stunde die Zeit an. Den grauen Herren fehlt damit der Nachschub an gesparter Menschen-Zeit. Als Momo den Zugang zu den letzten eingelagerten Stundenblumen der Menschen versperrt, verschwindet auch der letzte der grauen Herren. Die Farben, die Musik, die Freude und die Zuversicht kommen in das Leben und auf die Erde zurück."

Irgendwie wurde es Michael warm ums Herz. „Tja, ich hatte diese sehr schöne Geschichte schon fast vergessen. Aber graue Herren gibt es ja nicht. Und Zeit für Geschichten hat heute auch keiner mehr." Der Kaffee war alle und Michael dachte, es wäre gut jetzt weiter zu arbeiten.

„Ich habe viele Lieblingsszenen, aber eine beeindruckt mich immer wieder", sagt Paul. „Hier – Momo und Meister Hora stehen im Nirgendhaus zwischen vielen Uhren. Er sagt ihr, dass die Uhren nur ungenügende Nachbildungen des Herzens sind. Mit dem Herz können die Menschen die Zeit wahrnehmen, so wie sie mit den Augen sehen und mit den Ohren hören. Er vergleicht die Zeit mit den Farben des Regenbogens und dem Lied eines Vogels. Sie sei verloren, wenn wir sie nicht mit dem Herzen wahrnehmen – wie die Farben des Regenbogens für den Blinden und das Lied des Vogels für den Tauben." Paul nippte an seinem Kaffee und atmete genießerisch ein.

Michael schaute ihn an. Irgendetwas rührte ihn an, ehrlich gesagt stand ihm ein wenig das Wasser in den Augen.

„Ich habe das Buch inzwischen 10-20 mal gelesen.", sagte Paul „Und ich überlege immer, wenn ich Menschen begegne, wem sie in diesem Buch ähnlich sind. Ich habe schon viele graue Herren getroffen, Typen, die nur an die Zahlen denken, denen die Zeit, von der sie so viel sparen möchten zwischen den Fingern zerrinnt. Menschen, die nur noch im Internet und mit ihrem Smartphone leben oder Angst vor finanziellen Verlusten haben.

Auch Beppo Straßenkehrer habe ich getroffen. Ein glücklicher Mensch, der sich nicht hetzen ließ, die Sonne bei der Arbeit genoss und ganz in Ruhe sein Werk tat. Gigi Fremdenführer sah ich in einem Theater in Hamburg und Nicola den Maurer habe ich tatsächlich als Maurer beim Bau der Elbphilharmonie gesprochen. Momo fehlt mir noch und vor allem die Schildkröte. Mit meinem Meister Hora trinke ich des Öfteren einen Kaffee – Gott liebt den Duft frischen Kaffees."

„Aber warum erzählen Sie mir das?" fragte Michael.

„Vielleicht mag ich einfach schöne Geschichten. Aber vielleicht hat dieses Buch auch etwas mit dem Gehen über das Wasser zu tun. Vielleicht hat diese Geschichte auch etwas mit Ihnen zu tun."

Michael schaut Paul an. Er war in Hamburg mit dem klaren Gefühl gestartet, für einen wichtigen Termin im Zug arbeiten zu müssen, nun waren sie fast in Würzburg und nichts war fertig, weil Paul sich in Hannover in sein Leben, in seinen Tagesablauf gedrängelt hatte.

„Wissen Sie, es ist so viel Neid und Missgunst in der Welt, soviel Wettbewerb, wer der bessere sei. Vor dem Chef oder auch vor Gott. Soviel Wetteifer und dabei möchte Gott doch nur, dass wir in seinem Sinne leben und miteinander umgehen. Dass nicht wir über andere richten, nicht andere bewerten. Das Reich Gottes ist geprägt von Gerechtigkeit, Frieden und Freude in dem Heiligen Geist. Wertschätzung für andere ist wichtig, Respekt vor unterschiedlichen Positionen. Und Vertrauen auf Gott, unseren Herrn. Leben in seinem Geist! Keiner von uns lebt für sich, sondern wir leben mit Gott, für ihn, unseren Herrn, der uns liebt. Und ich glaube, dass er manchmal ein wenig traurig ist, dass wir ihn nicht mehr im Fokus haben. Wir könnten über's Wasser gehen, aber die Berechnung physikalisch und wirtschaftlich besagt, dass es nicht geht – also tun wir's auch nicht. Also lassen wir auch nicht los und uns von Gott leiten. Ich sehe viele graue Herren in diesem Land." Paul lehnte sich zurück, klappte das Buch zusammen.

„Manchmal weiß ich wirklich nicht, wovor die Menschen Angst haben, wo sie sich sicher sein können, dass Gott sie nicht allein lässt. ... und das heißt ja nicht, dass wir nicht ordentlich wirtschaften sollen, aber ein wenig mehr Zutrauen zu seiner Unterstützung wünsche ich uns."

Paul stand auf – packte seinen Rucksack auf seinen Rücken. „Ich steige in Ingolstadt aus. Das Buch schenke ich Ihnen. Der Kaffee ist übrigens bezahlt und keine Sorge, die gute Dame vom Service holt die Becher gleich ab – sie heißt übrigens Mo-nika." Paul grinste.

Michael bedankte sich für das Buch. Als Paul die Tür hinter sich schließen wollte, fragte er schnell: „Können Sie über's Wasser gehen?" Paul drehte sich um, grinste: „Ich übe noch – aber in Ingolstadt treffe ich meinen Freund Peter, wir wollen weiterüben". Damit schloss er die Tür des Abteils und war weg.

Michael nahm das Buch, schlug es auf. Auf der ersten Seite stand eine Widmung: „Für Michael:

Denn unser keiner lebt sich selber, und keiner stirbt sich selber. Leben wir, so leben wir dem Herrn; sterben wir, so sterben wir dem Herrn. Darum: wir leben oder sterben, so sind wir des Herrn. Denn dazu ist Christus gestorben und wieder lebendig geworden, dass er über Tote und Lebende Herr sei.

Römer 14,7-9

Dein Paul"

Michael lächelte, schaltete das Laptop aus und schaute aus dem Fenster. Er würde nachher einfach eine Geschichte erzählen von einer Zugfahrt, von einem kleinen Mädchen, einer Schildkröte und dem Versuch über das Wasser zu gehen. Und er würde sich bei einigen Kollegen entschuldigen, nach gemeinsamen Wegen suchen. Als er in München ausstieg fühlte er sich wohl und ging fröhlich seinen Weg, ein Lied summend, das er lange vergessen hatte, aber irgendetwas mit Gott zu tun hatte.

„Denn unser keiner lebt sich selber, und keiner stirbt sich selber. Leben wir, so leben wir dem Herrn; sterben wir, so sterben wir dem Herrn. Darum: wir leben oder sterben, so sind wir des Herrn. Denn dazu ist Christus gestorben und wieder lebendig geworden, dass er über Tote und Lebende Herr sei."

Römer 14, 7-9

Musik zum Lobe Gottes

Paul saß an der Außenmühle auf einer Parkbank. Gerade
hatte er sich dort hingesetzt, direkt mit dem Blick auf den
Außenmühlenteich. Linke Hand führte der Weg Richtung
Schulgarten und dem Restaurant „Leuchtturm", rechts ging
es auf die Wege durch den Wald entlang des Wassers. Er
saß dort und genoss bei strahlendem Sonnenschein den
Blick auf die Tretboote und das Schwimmbad auf der
anderen Seite. Er bewunderte die Natur. Im Mai beginnt
alles zu grünen – und auch die Büsche und Bäume entlang
des Außenmühlenteichs begannen zu blühen und ein grünes
Gewand anzulegen. Eine erfrischende, frühlingshafte
Stimmung lag in der Luft. Es duftete nach Aufbruch und
Neuanfang. Paul war zufrieden mit sich und der Welt. Er
schloss die Augen und genoss die Sonne, die ihm direkt
warm ins Gesicht schien. Seinen Rucksack hatte er neben
die Bank gestellt. Ein leichter Grillgeruch lag in der Luft –
Paul sog ihn ein und dachte an die herrliche Thüringer
Wurst, die er gerade mit einer großen Portion Senf gegessen
hatte. Himmlisch lecker! Er war bei den jungen Leuten
gewesen, die ungefähr 20 m hinter ihm auf einer Wiese
einen Grill aufgestellt und ihn zum Essen eingeladen hatten.
Er war die Außenmühle entlanggewandert, von Hamburg
kommend auf dem Jakobsweg Richtung Hittfeld und
Jesteburg. Die Gruppe junger Menschen hatte ihn
interessiert und so hatte er sie angesprochen, wie sie am
Aufbauen für das Grillfest waren. In diesem Zuge war er in
den Genuss der Wurst gekommen. Ein herbes Pils rundete
den Geschmack ab – nun saß er dort auf der Parkbank und
ließ es sich gutgehen.

Zu den Gerüchen des Frühlings und des Grills gesellten sich nun Töne und Melodien, einer der jungen Leute hatte eine Gitarre rausgeholt – Kirchentagsschlager: **„Sei behütet auf deinen Wegen, sei behütet auch mitten in der Nacht. Durch Sonnentage, Stürme und durch Regen hält der Schöpfer über dir die Wacht…"** [1] Leise summte er mit. Er liebte diese Musik, die unterschiedlichen Stimmlagen, die mal mit Zartheit, mal mit Wucht die Melodien darboten. Eine friedliche Atmosphäre am See – Paul streckte die Beine aus und schloss die Augen. Ein leichter Wind strich ihm über das Gesicht.

„Da berühren sich Himmel und Erde, dass Frieden werde unter uns, da berühren sich Himmel und Erde, dass Frieden werde unter uns." [2] Paul lächelte in sich hinein. Er hörte das Klingen der Gläser, die beim Anstoßen aneinanderschlugen.

Auf einmal wurde er jäh aus der Ruhe gerissen – jemand hatte sich schwer auf die Bank fallen gelassen. „So eine Bande", rief der Mann aus, der sich neben ihm auf die Bank gesetzt hatte. Paul schlug die Augen auf und musterte den Neuankömmling. Nicht groß, ein wenig untersetzt, Halbglatze und einen Dackel an der Leine. „Diese Ruhestörung hier an der schönsten Stelle des Sees, kommen hierher, stellen den Grill auf, verpesten die Lust, saufen sich einen an und grölen ihre Gesänge in den schönen Nachmittag.". Der Mann schaute Paul säuerlich an. „Ist doch wahr – faules Pack. Jetzt fangen sie auch noch an zu trommeln."

Tatsächlich waren die Töne eines Cachons zu vernehmen, die die Gitarren nun unterstützten – beim Lobpreis Gottes: **„Komm und lobe den Herrn, meine Seele, sing, bete den König an. Sing wie niemals zuvor nur für ihn und bete den**

König an." [3] Paul war versucht, den Takt mitzuschlagen, hatte er doch mit den Komponisten dieses Lobpreises schon zusammengesessen und genau dieses Lied lauthals mitgesungen. Der Alte neben ihm verdarb ihm aber die Stimmung. „Die werden immer lauter. Gleich jage ich meinen David auf sie los."

„Ist David ihr Hund?", fragte Paul etwas säuerlich, aber auch leicht amüsiert angesichts der Größe des Hunds im Vergleich zur Menschenmenge am Grill.

„Machen Sie sich nicht lustig!" erwiderte der Mann. „Das ist ein Kampfhund. Der wird dem Pack dort schon was lehren." Paul konnte nicht anders, als zu lächeln. Die Vorstellung eines Dackels, der bellend 20 laut und fröhlich singende Jugendliche in die Flucht schlägt, hatte schon etwas von Comedy.

„Shine, Jesus, Shine, fill this land with the father´s glory! Blaze, spirit, blaze, set our hearts on fire!" [4] Sie hatten auf englisch-sprachige Lieder gewechselt.

„Kennen Sie die jungen Leute überhaupt?" fragte Paul seinen Sitznachbarn.

„Klar, die hängen immer oben an der Marmstorfer Kirche, nichts als Lärm und Krach, wissen wohl nichts Vernünftiges mit sich anzufangen. Stattdessen suchen sie sich Orte, an denen andere ihre Ruhe genießen möchten und zerstören die gesamte Atmosphäre."

„Ok" sagte Paul. „Also, sie haben die jungen Leute" – Paul deutete mit dem Arm hinter sich – „schon gesehen, aber sie kennen nicht ihre Namen oder wissen etwas über sie, oder?"

„Meinen Sie, dass ich mich mit denen abgebe? Die Polizei sollte man rufen – Ruhestörung ist das, Störung der öffentlichen Ordnung. Gucken Sie mal, wie die aussehen – Löcher in der Jeans, Hemd nicht in der Hose, ungepflegte Haare!"

„Keiner ist wie du! Niemand sonst berührt mein Herz so wie du. Wo auch immer ich noch suchte, o Herr, es bleibt: keiner ist wie du." [5]

Paul musste fast lachen – die Choreografie war genial. Die Jugendlichen beantworten mit der Auswahl der Lieder fast die Schimpftiraden des alten Herrn mit seinem Dackel.

„Ich kenne die jungen Menschen auch nicht weiter", sagte Paul.

„Na, sehen Sie – dann sind sie wohl ganz meiner Meinung" – der Mann drehte sich um: „RUHE!"

Sein Ruf ging in der dritten Strophe unter. Nun wurde wieder angestoßen. Einer der Jungs wurde nacheinander von allen umarmt.

„Ich wollte sagen, dass ich die jungen Menschen nicht weiter kenne, aber als ich vorhin auf meiner Wanderung hier entlang ging, den Frühlingsduft genoss, sah ich sie den Grill aufbauen. Ich bin hingegangen und habe mich mit ihnen ein wenig unterhalten."

„Na, da gehören sie wohl auch zu diesen faulen Rumtreibern" eiferte sich der Alte. Allmählich ärgerte sich Paul wirklich. „Rumtreiber vielleicht, ich wandere und verkündige Gottes Evangelium, aber faul? Nein, als faul würde ich mich nicht bezeichnen."

Paul beugte sich vor und sah dem Alten direkt ins Gesicht. „Mein Name ist Paul. Und wie heißen Sie?" Er hielt dem Mann eine Hand hin. „Karl Schmidt", widerstrebend nahm der Mann Pauls Hand. Paul ließ ihn nicht los. „Schauen Sie bitte mal zu der Gruppe hin, sehen Sie den jungen Kerl mit dem St. Pauli-Shirt und den langen Haaren?" Der Mann versuchte, seine Hand zu befreien, bekam die Hand aber nicht los. Er drehte widerwillig seinen Kopf in Richtung der Gruppe. „Klar, der Kerl ist ja nicht zu übersehen." „Er feiert seine Heilung", sagte Paul. „Christian hatte Malaria. Auf einer Dienstreise für seinen Arbeitgeber nach Afrika ist er erkrankt. Die Ärzte hatten ihn schon aufgegeben. Da hilft nur beten, haben sie gesagt. Das haben seine Freunde dann getan. Voilà. Halleluja. Gestern wurde er aus dem Krankenhaus entlassen, nach 10 Wochen Quarantäne, Intensivstation. Sie feiern seine Heilung."

Er schaute dem Mann intensiv und mit ruhigem Blick an.

„Ich lobe meinen Gott, von ganzem Herzen, erzählen will ich von all seinen Wundern und singen seinem Namen." [6]

„Aber", hob der Alte an. Paul ließ keine Erwiderung zu und lockerte auch den Griff seiner Hand nicht. „Die junge Frau mit dem Hippie-Rock und dem Batik-T-Shirt hatte letztes Jahr einen Autounfall. Die Bremsen haben versagt, sie ist auf die Gegenfahrbahn geraten, kam gerade einigermaßen zurück auf ihre Spur, dabei ist sie aber zwischen zwei Autos gekommen. Sie war eingeklemmt. Die Verletzungen waren so schwer, dass sie den linken Unterschenkel abnehmen mussten. Ihre Freunde haben nächtelang an ihrem Bett gesessen und für sie gebetet und gesungen. Annie trägt eine Prothese – sieht man gar nicht, oder?"

„Dein Wort ist ein Licht auf meinem Weg, wenn ich durch das Dunkel geh. Dein Wort ist ein Licht auf meinem Weg, lass mich deine Hilfe sehn." [7]

Betroffen schaute der alte Mann Paul an, der Dackel hatte sich zu seinen Füßen zusammengerollt – von einer gefräßigen Bestie war nichts zu merken.

„Der Typ dort hinten mit dem Kapuzenpulli hatte vor drei Jahren ein Burnout, total auf. Er wusste nicht mehr ein noch aus – Midlife-Crisis würden sie vielleicht sagen. Gerd hat´s geschafft, keine dunklen Gedanken mehr, keine Erschöpfung. Er treibt wieder mehr Sport und nimmt sich Ruhephasen. Einmal im Jahr eine Schweigewoche im Kloster. Auch für ihn haben seine Freunde gebetet. Aber Gerd sagte mir vorhin im Gespräch, dass ein Wendepunkt für ihn eine Begegnung mit Sonja war, das ist die Frau mit dem kurzen Kleid und der Gitarre. Sie stand eines Abends bei ihm vor der Tür und hat ihm genau das Lied vorgesungen, das sie gerade hören."

„Du bist gewollt, kein Kind des Zufalls, keine Laune der Natur, ganz egal ob du dein Lebenslied in Moll singst oder Dur. Du bist ein Gedanke Gottes, ein genialer noch dazu – Du bist du, das ist der Clou, ja der Clou, ja, du bist du." [8]

Paul merkte, dass das saß. „Als Gerd die Tür öffnete, ist sie reingegangen, hat sich auf das Sofa gesetzt und einfach gesungen. Am Ende hat sie Gerd in den Arm genommen, ihm einen Kuss auf die Stirn gegeben und gesagt: ich weiß, dass er dich liebt. Sie hat ihn lange festgehalten. Dann hat sie im Wohnzimmer übernachtet und ihm morgens Frühstück gemacht."

Karl Schmidt hatte Tränen in den Augen. Paul lockerte den Handgriff. „Ich finde, dass diese jungen Leute, allen Grund zum Feiern haben und freue mich, dass sie dabei auch für SEINE Liebe und Hilfe dankbar sind – Halleluja."

Er ließ die Hand von Herrn Schmidt los. „Singen ist so wichtig", fuhr Paul fort. „Ich liebe die Musik, und es gefallen mir die Schwärmer nicht, die sie verdammen. Weil sie ein Geschenk Gottes und nicht der Menschen ist. Weil sie die Seelen fröhlich macht, weil sie den Teufel verjagt, weil sie unschuldige Freude weckt, hat Martin Luther [9] gesagt. – Lass sie feiern und fröhlich sein, Karl Schmidt."

„Froh zu sein bedarf es wenig und wer froh ist, ist ein König." [10]

Karl Schmidt wischte sich mit dem Handrücken die Tränen aus den Augen. „Meine Frau ist letztes Jahr verstorben. Ich bin nun immer allein, hier haben wir beide immer gesessen und in aller Ruhe die Sonnenuntergänge genossen." Er schluckte. Paul nahm seinen Zeigefinger, strich über den feuchten Handrücken von Hr. Schmidt und zeichnete ihm ein Kreuzzeichen auf die Stirn.

„Wir wollen aufsteh´n, aufeinander zugeh´n, voneinander lernen, miteinander umzugeh´n, aufsteh´n, aufeinander zugeh´n, und uns nicht entfernen, wenn wir etwas nicht versteh´n." [11]

Eine ganze Weile saßen sie so nebeneinander.

„Guten Abend, ich möchte nicht stören, aber wir hätten noch zwei Würste und ein Bierchen über. Mein Name ist Christian." Er reichte Karl Schmidt die Hand. „Ihr Hund ist niedlich, vielleicht mag er auch ein Stück. Wenn ihr / Sie Lust habt?" Der Dackel platzierte sich schwanzwedelnd vor Christian.

„Na, Hr. Schmidt auf geht´s!" Paul stand auf und nahm seinen Rucksack. „Haben Sie vielleicht einen Musikwunsch? Singt dem Herrn ein neues Lied, denn er tut Wunder – Halleluja."

Zu dritt gingen Sie rüber zum Grill und nach einer ausgiebigen Begrüßung sangen sie alle zusammen auf Wunsch eines einzelnen Herrn: **„Schritte wagen im Vertraun auf einen guten Weg, Schritte wagen im Vertraun, dass letzlich ER mich trägt, Schritte wagen, weil im Aufbruch ich nur sehen kann: Für mein Leben gibt es einen Plan."** [12]

„Und es kamen zu ihm Blinde und Lahme im Tempel, und er heilte sie. Als aber die Hohenpriester und Schriftgelehrten die Wunder sahen, die er tat, und die Kinder, die im Tempel schrien und sagten: Hosianna dem Sohn Davids!, entrüsteten sie sich und sprachen zu ihm: Hörst du auch, was diese sagen? Jesus sprach zu ihnen: Ja! Habt ihr nie gelesen (Psalm 8,3): »Aus dem Munde der Unmündigen und Säuglinge hast du dir Lob bereitet«? Und er ließ sie stehen und ging zur Stadt hinaus nach Betanien und blieb dort über Nacht. "

Mt 21, 14-17

Due Espressi

Paul war auf dem Petersplatz in Rom, mitten in den Menschenmassen hatte er sich auf die Treppe vor dem Petersdom gesetzt und schaute auf die Statue des Petrus, der den Schlüssel in der Hand hält. Fragend sah er zu der Statue hoch. „Warum ausgerechnet du, Petrus?", fragte er halblaut. Paul schüttelte den Kopf, drehte sich leicht um zur Statue des Paulus, die ihm so viel gewaltiger erschien. „Ein Schriftgelehrter hätte es doch besser wissen müssen. Warum nur Petrus?" Langsam streckte er sich, den ganzen Körper streckte er einmal durch und schaute von einer Statue zu anderen. Immer wieder schüttelte Paul den Kopf, so dass die vorbeilaufenden Menschen ihm verwunderte Blicke zuwarfen. „Der Fels, auf den ich meine Kirche baue, den Schlüssel zum Himmelreich trägt er." Paul murmelte vor sich hin. „Die Wege des Herrn sind manchmal wunderlich." Er griff in seinen Rucksack, der neben ihm stand und holte einen Apfel hervor. Er biss herzhaft hinein, lehnte sich an den Rucksack und schaute zu Petrus hoch. „Ein Fels? Er konnte genau so lange über das Wasser gehen, wie er Jesus direkt anschaute." Er schüttelte wieder den Kopf.

Paul hörte ein Geräusch neben sich – dann quietschte etwas. Er drehte sich um und sah einen kleinen Italiener auf einem Dreirad direkt neben ihm halten. Die Bremsen könnten etwas Öl vertragen. Der Mann sprang von seinem Dreirad, das ein Verkaufstand für Kaffee und Espresso war und kam direkt neben ihm zu stehen. Er lüftete seine Mütze. „Matteo – buon giorno. Ihr seht aus, als ob ihr mindestens einen doppelten Espresso brauchen könntet." Matteo baute sich vor ihm auf, beugte sich vor und schaute ihm direkt in die Augen. „Ihr seht so nachdenklich und betrübt aus – der

Espresso geht auf mich." Er grinste und machte sich an seinem Dreirad zu schaffen. Kurze Zeit später hörte man die typischen Geräusche einer Kaffeebar – zischender Wasserdampf und das Ausklopfen des gemahlenen Kaffees. „Cosi, ein doppelter Espresso für Sie – und einen für mich." Der kleine Italiener setzte sich neben Paul auf die Stufen und reichte ihm den Espresso. Er folgte Pauls Blick, der wieder die Statue von Petrus in den Blick nahm. „Die beiden größten Apostel der Weltgeschichte", sprach der kleine Italiener. „Ich mag sie beide." Er trank einen Schluck Kaffee und schaute Paul an. „Seid nicht so betrübt!" Paul schüttelte sich und nahm ebenfalls einen Schluck Kaffee. Seine Gesichtszüge entspannten sich. „Ich verstehe nur nicht, warum ausgerechnet Petrus der Fels sein soll, auf den Gott seine Kirche gebaut hat." „Ach, was soll's – hat doch funktioniert." Matteo zwinkerte ihm fröhlich zu. „Petrus war doch immer der Bauch-Mensch, der spontane Typ mit dem Herz am rechten Fleck. Und Paulus ist doch nun immer wieder ein bisschen sehr verkopft." Er trank einen Schluck Espresso. „Ja, vielleicht", murrte Paul ein wenig verlegen. „Aber ist denn die Spontanität eines Petrus tatsächlich das, was die Kirche brauchte – Spontanität und Fels passt doch nun wirklich nicht zusammen."

„Va bene – aber die Spontanität ist doch auch Begeisterung, Enthusiasmus, Spirit auf Neu-Italienisch. Wenn man in der Bibel über Petrus liest, dann weht einem der Heilige Geist mit aller Kraft doch gleich um die Nase. Und ehrlich gesagt, der Petrus ist uns Menschen so nah. Den einen Tag voller Emotion und positiver Energie, Zuversicht und Kraft und am nächsten zweifelnd und zögerlich, ängstlich ob der Konsequenzen des eigenen Handelns. Auf diesem Menschen wollte Jesus seine Kirche bauen, weil er für die Menschen so sehr verständlich sein müsste. Er ist so wie wir – so wie du mit deinen Fragen, Unsicherheiten und Begrenztheiten." Matteo schaute zu Petrus hoch und prostete ihm mit der Espressotasse zu.

„Die Basis unseres Glaubens ist Beziehung zu Gott, ist Liebe Gottes zu den Menschen. Und Beziehung hat etwas mit Emotionen zu tun, mit Spontanität, mit Begeisterung. Da ist Petrus in seiner Art das richtige Fundament."

Paul schaute Matteo fasziniert an – der kleine fahrende Kaffeehändler entpuppte sich als pragmatischer Theologe. „Und Paulus?"

„Den brauchte der Herr auch. Petrus hätte die Gemeinde nicht organisiert, wäre nie über Israel hinausgekommen. Er war auch ein Jude seiner Zeit und seinem Volk sehr verbunden. Nein, es ist wie Paulus schrieb: ein Leib und viele Glieder. Das sind zwei Menschen mit völlig unterschiedlichen Talenten und Schwerpunkten. Paulus war verkopft, aber das brauchte es auch, nachdem eine gewisse Zeit nach Jesu Himmelfahrt verstrichen war. Es traten ganz praktische Fragen auf, die aber auch theologisch zu beantworten waren. Das war Paulus Part. Ohne ihn wäre die Kirche nie das geworden, was sie ist. Und trotzdem bleibt der Jünger und Apostel Petrus der Grund, auf den Christus seine Kirche mit Hilfe des Paulus bauen konnte."

Die beiden saßen nebeneinander und tranken ihre Espressi aus. „Vielleicht hast du recht, Matteo." sagte Paul. Und schaute wieder von einer Statue zur anderen. „Bestimmt." Matteo lächelte ihn an. „So, und nun gib mir die Tasse wieder – ich muss weiter. Und du auch – genug nachgedacht, jetzt ein bisschen mehr Petrus und in voller

Begeisterung den Menschen von Christus erzählen. Avanti, auf geht´s." Der kleine Italiener nahm sich die Tassen, verstaute sie in seinem Wagen und schwang sich auf sein Dreirad. „Arrivederci", sang er und fuhr davon.

Paul lächelte in sich hinein – vor allem hatte er in letzter Minute die roten Lederschuhe gesehen, die Matteo trug. Er schüttelte den Kopf, erhob sich, nahm seinen Rucksack und ging über den Petersplatz. Vielleicht hatte er seine Mission gefunden....

„Am nächsten Tag stand Johannes abermals da und zwei seiner Jünger; und als er Jesus vorübergehen sah, sprach er: Siehe, das ist Gottes Lamm! Und die zwei Jünger hörten ihn reden und folgten Jesus nach. Jesus aber wandte sich um und sah sie nachfolgen und sprach zu ihnen: Was sucht ihr? Sie aber sprachen zu ihm: Rabbi – das heißt übersetzt: Meister –, wo wirst du bleiben? Er sprach zu ihnen: Kommt und seht! Sie kamen und sahen's und blieben diesen Tag bei ihm. Es war aber um die zehnte Stunde. Einer von den zweien, die Johannes gehört hatten und Jesus nachgefolgt waren, war Andreas, der Bruder des Simon Petrus. Der findet zuerst seinen Bruder Simon und spricht zu ihm: Wir haben den Messias gefunden, das heißt übersetzt: der Gesalbte. Und er führte ihn zu Jesus. Als Jesus ihn sah, sprach er: Du bist Simon, der Sohn des Johannes; du sollst Kephas heißen, das heißt übersetzt: Fels."

Johannes 1, 35-42

Deine Brüder und Schwestern

Er stand im Foyer der Kirche, an einem Stehtisch. Er hatte sich einen Kaffee genommen. Ein paar Kekse standen in einer kleinen Glasschale dabei. Den Rucksack hatte er unter den Tisch gestellt, seinen Wanderstock daneben. Paul ließ den Blick durch das Foyer streifen – angeregte Gespräche, fröhliche Menschen, die sich nach dem Gottesdienst austauschten. Aktivität und Engagement waren förmlich greifbar in dieser Menschenmenge, die eine große Energie ausstrahlte. Ein kleiner Laden hatte geöffnet und verkaufte fair gehandelte Waren, aber auch Bücher und Marmelade. Paul zog hörbar die Luft ein, es gefiel ihm hier – aber eine innere Unruhe ließ ihn nicht wirklich zum Genießen kommen.

In Gedanken war er noch im Gottesdienst, war er noch bei der Predigt – der barmherzige Samariter. Ein Mann wird überfallen und ausgerechnet ein Samariter hilft ihm, ist barmherzig. Nicht der Priester und nicht der Levit, ein Samariter hilft dem Opfer. Und Jesus fordert dazu auf, ebenso barmherzig zu sein. Paul schloss die Augen – manchmal hatte er das Gefühl, mit den sonntäglichen Predigten einen Spiegel vorgehalten zu bekommen. Er war nun einige Wochen unterwegs, von zu Hause zu Fuß losgegangen und manchmal getrampt oder mit der Bahn. Er war losgezogen, Gottes frohe Botschaft zu verkündigen, nachdem er doch nach seinem Zusammenbruch wieder genesen war und das mit Hilfe der Fürsorge eines Christen aus Norddeutschland. Nach dieser positiven Erfahrung der Barmherzigkeit Gottes wollte er selbst aktiv werden. Kaum war er zu Hause, hatte er seine Sachen gepackt. Der Rucksack beinhaltete alles, was er brauchte. Nun war er unterwegs, weg von Eltern und Geschwistern, aber irgendwie noch nicht froh – und irgendwie kam er auch noch nicht dazu, anderen ein Vorbild des Glaubens zu sein, wie er es sich wünschte. Christ zu sein, ist gar nicht leicht – dachte Paul bei sich. Er seufzte.

„Moin Bruder, alles im Lot?" Paul fuhr zusammen, als er einen Schlag auf die Schulter bekam.

„Du siehst nicht glücklich aus – ein echter Kontrapunkt zu der fröhlichen Runde dort drüben am Tisch." Paul schaute zunächst zu besagtem Tisch, an dem tatsächlich gerade herzhaft gelacht wurde, und nahm dann erst seinen neuen Gesprächspartner wahr. Vor ihm stand ein Mönch, in langer brauner Kutte, um den Bauch einen Gürtel, der wohl auch schon mal enger geschnürt worden war. Fröhliche, neugierige Augen blickten ihn durch runde Brillengläser an. Ein freches Grienen breitete sich von einem Ohr zum anderen im Gesicht des Mönches aus.

„Moin, ich bin Markus – Bruder Markus. Und du? Bruder „langes Gesicht zu fröhlicher Botschaft"."

„Bruder?", fragte Paul. „Wie kommst du auf Bruder? Wir sind doch keine Geschwister."

„Hmmm...." Bruder Markus schaute ihn mit schiefgelegtem Kopf an. „Naja, ich denke schon. Du warst eben im Gottesdienst?"

„Ja.", antwortete Paul.

„Du bist getauft?"

„Ja."

„Du hast vorhin am Abendmahl teilgenommen?"

„Ja – was soll das?"

„Du hast das Glaubensbekenntnis mitgesprochen und dich zum Ende unter den Segen Gottes gestellt?"

„Ja", sagte Paul – ein wenig genervt und irritiert ob dieses Frage- und Antwort-Spieles.

„Und du weißt um das Doppelgebot der Liebe? Liebe deinen Nächsten wie dich selbst."

„Ja, aber…" „Also Bruder „ohne Namen", aber Bruder", sagte der Mönch. Er verschwand und kam kurze Zeit später mit zwei frischen Bechern Kaffee wieder. „Deiner war schon kalt, oder?", augenzwinkernd schaute der Mönch Paul an.

„Paul, wenn schon Bruder Paul und nicht Bruder „langes Gesicht zu fröhlicher Botschaft"

„Moin, Bruder Paul", Markus umarmte ihn. Paul fühlte sich in den starken Armen wohl und widmete sich dann seinem Kaffee.

„Was bedrückt dich?", fragte Bruder Markus.

„Wüsste ich auch gerne." Paul schaute trübselig in den Kaffee.

„Barmherzig sein ist nicht einfach, oder?" Markus sah Paul direkt an, so dass dieser sich gezwungen sah, sich dem Mönch zuzuwenden.

„Liebe deinen Nächsten wie dich selbst", murmelte Paul.

„Das Schwierige ist das zweite – sich selbst annehmen als Geschöpf Gottes und sich selbst mit seinen Stärken und Schwächen zu akzeptieren. Ich glaube, das ist das Interessante an dem barmherzigen Samariter – die ausgestrahlte Souveränität beim Helfen des Bedürftigen."

Paul schaute den Mönch fragend an.

„Bist du Handwerker auf der Walz?" Bruder Markus zeigte auf den Rucksack.

„Nein, kein Handwerker. Ich komme aus der Hafenstadt Tarsus und nach einem Zusammenbruch und dessen Überwindung mit Hilfe eines lieben von Gott geschickten Menschen habe ich mir vorgenommen, den Menschen von dieser frohen Botschaft zu erzählen, Gottes Wirken darzulegen. Er ist wirklich barmherzig zu mir, nach dem Mist, den ich früher gebaut habe. Aber irgendwie ist alles so schwer."

„Bruder Paul ist kein barmherziger Samariter?", der Mönch grinste.

„Mann, ich weiß echt nicht, wie das gehen soll."

„Bist du allein unterwegs?"

„Ja. Warum?"

„Wo ist deine Familie?"

„In Tarsus – Vater, Mutter und meine Brüder und Schwestern."

„Hast du Ärger mit Ihnen?"

„Nein – ok, sie wollten mich nicht gehen lassen, aber Ärger nein. Sie sagten, ich wäre von Sinnen. Aber nein, sie sind meine Familie und bleiben dieses auch. Blut ist dicker als Wasser, oder?", nun grinste Paul den Mönch schelmisch an.

„Genau – deshalb bin ich so froh, dein Bruder zu sein", erwiderte der Mönch.

„Langsam, habe ich etwas verpasst?"

„Vielleicht... eine entscheidende Stelle in der Bibel: Jesus nennt seine Jünger, die um ihn versammelt sind, seine Brüder und Schwestern. Und wir in der Nachfolge dürfen uns auch als Brüder und Schwestern von Jesus und untereinander sehen." Der Mönch machte eine Pause.

„Bruder Paul – you are not alone. Du bist nicht allein – Gott geht mit dir, und die große Gemeinschaft der Christen ebenfalls."

Paul blickte sich im Kirchenfoyer, das sich langsam leerte, nochmal um. „Alle Brüder und Schwestern?"

Bruder Markus lächelte. „Ja, sogar die Buckelige da vorne und der Alte im Rollstuhl. Alles deine Geschwister im Glauben."

Nach einer weiteren Pause sagte Markus:

„Ich finde, dass es etwas Besonderes ist. Jesus nennt uns Brüder und Schwestern – Blut ist dicker als Wasser, Verwandtschaft geht tief. Es geht gar nicht darum, die Mutter, Vater und leibliche Geschwister zu verleugnen. Aber zu erkennen, dass diese Gemeinschaft im Glauben sich füreinander verpflichtet. Im Notfall hast du für deine Geschwister auch finanziell einzustehen, so ist es bei uns gesetzlich in Deutschland geregelt. Geschwister bleiben immer gemeinsame Erben ihrer Eltern und bleiben auch untereinander immer etwas Besonderes. Genauso sollen wir füreinander einstehen, in der Not, aber auch im Guten – christliche Gemeinschaft im besten Verwandtschaftsverhältnis. Wir sind eine im wahrsten Sinne des Wortes eingeschworene Truppe, christliche Missionsgemeinschaft und Familie. Klasse, nicht wahr?"

„Aber ich kenne diese Menschen alle doch gar nicht und sie mich nicht. Wie sollen Sie mir dann helfen?"

„Denn wer Gottes Willen tut, der ist mein Bruder und meine Schwester und meine Mutter – original Jesus im Evangelium. Wir Glaubenden sind also eine große Familie, die füreinander einsteht und sich gegenseitig hilft, wie Geschwister, wie Verwandte es natürlich untereinander tun. Und Gottes Wille? Liebe deinen Nächsten wie dich selbst."

Das Fragezeichen in Pauls Gesicht ließ den etwas dicklichen Mönch herzhaft anfangen zu lachen.

„Du bist so verbissen, Paul!" Der Mönch schaute ihn an. „Der Auftrag ist viel leichter, als du ihn dir machst."

Mit beiden Händen fasste der Mönch ihn an den Schultern und sah ihm tief in die Augen.

„Ich mag dich, du bist mir echt sympathisch. Vor allem hast du recht, wir sollten mehr davon erzählen, was Gott uns Gutes tut. Wir sollten strahlen als eine starke Gemeinschaft im Glauben, als eine starke Familie. Und die Liebe Gottes sollte uns Herzen wärmen, barmherzig zu sein, gegenüber denen, denen es gerade nicht so gut geht. Den Nächsten als Bruder und Schwester sehen und voller Liebe annehmen.

Und da Gott dich so liebhat, dass sein Sohn dich seinen Bruder nennt, darfst du dich gerne etwas mehr selbst lieben. Du wirkst etwas knorrig, aber ich finde dich gut, Bruder Paul!", sprach's und umarmte Paul wieder.

„Du hast bestimmt auch echte Macken – ich übrigens auch, ich habe eine echte Schwäche beim Fußball gucken, da bin ich gegenüber der gegnerischen Mannschaft selten barmherzig. Aber Gott mag mich so wie ich bin – und warum soll ich mir dann eigentlich selbst im Weg stehen."

Der Mönch schaute sich um. „Apropos Fußball – ich muss los. Es war schön, dich kennengelernt zu haben, Bruder Paul. Wenn du mich irgendwann mal brauchst, melde dich einfach bei mir. Und höre nie auf, von Gottes Wundern an dir zu erzählen – das ist auch unser Auftrag. Glauben ist ja nicht nur Privatsache. Bye, Paul."

So zog der Mönch von dannen und Paul stand da noch mit seinem Becher Kaffee, der schon wieder kalt war. „Kann ich den abräumen oder lieber nochmal nachfüllen?" fragte die Küsterin. Paul strahlte sie an: „Nachfüllen, liebe Schwester – und dann möchte ich dir gerne etwas Wunderbares berichten."

„Und es kamen seine Mutter und seine Brüder und standen draußen, schickten zu ihm und ließen ihn rufen. Und das Volk saß um ihn. Und sie sprachen zu ihm: Siehe, deine Mutter und deine Brüder und deine Schwestern draußen fragen nach dir. Und er antwortete ihnen und sprach: Wer ist meine Mutter und meine Brüder? Und er sah ringsum auf die, die um ihn im Kreise saßen, und sprach: Siehe, das ist meine Mutter und das sind meine Brüder! Denn wer Gottes Willen tut, der ist mein Bruder und meine Schwester und meine Mutter."

Markus 3, 31-35

Da wurde mitten in der Nacht ein Kind geboren

Paul war auf dem Weg. Einige Zeit war es nun her, dass er aufgebrochen war, den Menschen von seinen Erlebnissen mit Gott zu erzählen – ein richtiger Wanderprediger, ein Pilger war er geworden mit seinem Rucksack auf dem Rücken und einem Wanderstock in der Hand. Von Hamburg aus folgte er nun den alten Wegen südwärts. Einige Erlebnisse wirkten auch bei ihm noch nach: lange Gespräche mit Menschen, die nicht mehr viel Hoffnung hatten – lange Abende mit Gesang und Gesprächen mit Jesus-begeisterten Christen – der Mönch, der ihm beim Kirchenkaffee erklärte, was es mit dem „liebe deinen Nächsten wie dich selbst" auf sich hatte – nicht zuletzt eine alte Frau an der Elbe, mit der er lange über ihr Leben gesprochen hatte. So ging er seines Weges auf den Spuren des Jakobswegs Richtung Süden durch Harburg und Sinstorf und weiter. Vieles bewegte sich noch in seinem Kopf, die Hektik der Großstadt wirkte auch auf ihn. Die flackernden Lichter und die Unruhe übertrugen sich auch auf seine Gedanken. Langsam und allmählich, im Tempo des Wanderns kam er zur Ruhe, konnte er sich wieder mehr konzentrieren. Allmählich nahm er wieder Gerüche wahr, spürte die feuchte November-Luft, als er durch die Felder und Wiesen ging. Er schlief draußen, stellte aber fest, dass die Nächte kalt wurden – er würde sich bald damit beschäftigen müssen, wo er jeweils eine Bleibe für ein oder zwei Tage finden könnte. Paul war sich sicher, dass es seiner Gesundheit guttäte, warm und trocken zu übernachten – auf der anderen Seite würde er den klaren Rhythmus von Tag und Nacht, von Helligkeit und Dunkelheit vermissen. Er nutzte kein Smartphone als Taschenlampe zum Lesen. Er hatte immer ein kleines Feuer, neben dem er sich dann später im Schlafsack einrollte. Mit dem letzten

Rest Helligkeit las er ein wenig in der Bibel und lag dann auf dem Rücken und schaute in den Himmel. Wie das wohl war, als die Engel am Himmel standen und Gloria sangen? Oder als der Engel Maria erschien und ihr die Geburt Jesu ankündigte? Über diesen Gedanken schlief er dann ein und erwachte mit den ersten Sonnenstrahlen, mit Vogelgezwitscher oder Rascheln im Herbstlaub. Morgens dann einen Kaffee über dem Feuer und dann ging es weiter – ohne konkretes Ziel folgte er den gelben Muscheln an den Bäumen.

Eines Tages so gegen Nachmittag wanderte Paul nun durch die Heidelandschaften um Soltau. Der Herbst war auch in der Heide eingezogen und ein kühler Wind gepaart mit Nieselregen ließ die Gedanken an eine Unterkunft in der Nacht, ein Dach über dem Kopf wieder deutlicher werden. Zeit sich umzusehen, aber weit und breit keine Siedlung, kein Haus, nicht mal eine Hütte in Sicht. Bei vielleicht dann auch noch richtigem Landregen wäre das Übernachten draußen wirklich keine Freude mehr. Es hörte auf zu nieseln, aber der Wind zog kalt unter die Kleidung. Um eine nächste Weggabelung herum, sah er auf eine riesige weitere Heidefläche. Auf dieser stand eine große Herde an Heidschnucken – auf den ersten Blick schätzte Paul 80 bis 100 Tiere, die dort standen und grasten. Sein Weg führte mitten durch die Heidschnucken hindurch und so ging er langsam auf die Herde zu. Ehrlicherweise hatte er immer wieder ein wenig Respekt vor den Tieren, wusste nie so genau, wie sie sich verhalten würden. Auch sah er unter den Heidschnucken einige männliche Tiere, die – nach seinem Gefühl – schon mal die Witterung aufnahmen. Er schritt voran, entschlossen, mutig durch die Herde hindurchzugehen und ggf. sich mit seinem Wanderstock

Respekt zu verschaffen, als er neben sich eine Stimme vernahm: „Es sind schon beeindruckend viele Tiere, nicht wahr?" Er hatte den Schäfer, den Hirten gar nicht gesehen, da er so auf die Heidschnucken fixiert gewesen war, geschweige denn den Schäferhund, der neben seinem Herrchen lag und ihn mit schiefem Kopf anschaute.

„Manche Leute haben Angst, durch die Herde durchzugehen", sagte der Schäfer. „Aber ehrlicherweise haben die Heidschnucken noch mehr Angst vor uns." Er zog eine Pfeife aus der Tasche, nahm eine Schachtel Streichhölzer aus der anderen. Der Schäfer zündete den Tabak in der Pfeife an und zog daran. Mit freundlichen Augen sah er Paul an und paffte. Der Hund legte seinen Kopf wieder zwischen seine Vorderpfoten. „Wo kommst du her?" brummte der Schäfer Paul an. „Von Hamburg", antwortete Paul. „Hmmm... da ist es mir zu hell und zu laut. Die Leute sind mir zu hektisch." Paul grinste in sich hinein: „Deshalb bin ich da ja weg." „Na, dann setz dich doch zu uns" und mit einem Schritt zur Seite gab der Schäfer den Blick frei auf eine kleine Ansammlung von Steinen, die die richtige Größe zum Sitzen hatten. So saßen sie kurze Zeit später sich gegenüber. „Ich heiße Paul. Wo übernachtest du heute?", fragte Paul den Schäfer. „Hallo Paul, ich bin Michael. Zwischen den Heidschnucken in einem kleinen Stall nicht weit von hier." „Meinst du, da wäre noch Platz für mich? Die letzten Tage war es draußen nachts schon verdammt kühl." „Hmmm... ja, du darfst nur keine Angst mehr vor den Schnucken haben", der Schäfer grinste ihn an. Er entzündete die Pfeife wieder. „Ist schon seltsam, dass wir in letzter Zeit öfter Besuch haben, nicht wahr Raphi?" – gemeint war der Hund. „Ich habe gehört, dass dieses eine Touristengegend ist", meinte Paul schelmisch. „Ja, schon – aber

Übernachtungsgäste im Heu sind im November schon etwas Besonderes. Es war vor zwei Wochen, ungefähr hier. Ein Mann und eine Frau kamen des Weges. Sie hatten keine Angst vor den Tieren, aber sie stritten sich. Ich kannte sie nicht, also konnten sie nicht aus unserer Gegend hier sein. Sie gingen schnell, machten aber immer wieder Pausen – sie gestikulierte, er versuchte sie zu besänftigen und sie in den Arm zu nehmen. Sie entzog sich dem Versuch. Für mich war es eine gewisse Belustigung, denn genau wie du hatten sie mich bislang gar nicht bemerkt. Wer denkt auch, dass 100 Heidschnucken einen Schäfer haben?" Der Hund hob den Kopf, sein Herrchen kraulte ihm kurz den Hals hinter den Ohren und Raphi legte den Kopf wieder ab.

„Was soll's – sie stritten, gingen ein paar Schritte. Sie schien ein wenig aus der Puste. Ich hörte ein paar Wortfetzen – Geschenk des Himmels, sich arrangieren, ein neues Leben und das sei ganz schön viel Veränderung. Nun ja, eine meine Heidschnucken ging dann mitten zwischen den beiden durch, ohne sie eines Blickes zu würdigen. Daraufhin waren sie kurz ruhig, dann ging es wieder los. Aber die Heidschnucke hatte sie aus dem Takt gebracht. Nun hörte man klar und deutlich, dass sie ihm mitteilte, dass sie nichts dafürkönne, dass die beiden keine Unterkunft hätten. Er wollte sich darum kümmern. Ein Blick zum Himmel zeigte mir, dass es bald dunkel werden würden und unter Umständen auch nass." Der Schäfer zog seinen Mantel enger, da der Wind etwas zugenommen hatte. „Langsam war ich zu den beiden hingegangen. Ich stellte mich ihnen vor und fragte, von woher sie kämen. Sie kamen wie du aus Hamburg, wollten dem Alltag mal entfliehen, hatten aber keine Bleibe, da er vergessen hatte, sich die telefonische Reservierung bestätigen zu lassen. Über den Spaziergang und den Streit hatten die beiden aber auch noch vergessen, dass es bald dunkel werden würde. Sie waren eine gute Stunde durch die Heide gegangen. Sie funkelte ihn an: Du kannst deine hochschwangere Frau ja gerne auf deinen Armen zurücktragen! Ich bin ja sportlich, aber im Dunkeln und der Kälte habe ich keine Lust mehr. Deine blöden Ideen." Der Schäfer schaute sich um, die Heidschnucken waren näher um die beiden Menschen auf den Steinen zusammengerückt. „Hmmm… es wird wohl Zeit aufzubrechen." Er sah aus, als ob er seine Tiere zählte. „Naja, ich bot ihnen an, dass sie bei mir bleiben könnten, in einem kleinen Stall mit 100 Tieren, einem Hund und mir, aber trocken und warm. Die beiden haben mich angeschaut als wäre ich einer der Erzengel, der gerade Botschaften des Himmels überbringt. Am Ende blieb ihnen nichts anderes übrig." Michael erhob sich. „Komm mit, die Tiere wollen in den Stall." Paul war fasziniert – wer hütete hier eigentlich wen? Auf dem Weg erzählte Michael weiter: „Sie kamen mit. Ich habe dort einige Decken, so dass es kein Problem war, ihnen eine Art Bett zu geben. Er versuchte immer mal wieder mit diesen neumodischen Telefonen jemanden anzurufen." Der Schäfer tippte mit dem Finger gegen seine Stirn. „Hier ist aber wenig Netz – braucht auch keiner. Sie war eigentlich ganz zufrieden und wurde ruhiger. Wir aßen zusammen und im Schein von Feuer und Taschenlampe haben wir uns ein wenig unterhalten. Sie sind beide berufstätig und erwarten ein Kind. Wussten aber noch überhaupt nicht, wie sie sich organisieren sollten." Michael und Paul waren bei dem Stall angekommen. Michael öffnete das Tor und die Heidschnucken strömten hinein. „Über den Abend wurde die junge Frau immer unruhiger, der Mann saß neben mir und meinte, dass sie hysterisch sei. Ich nicht, denn mein Hund schaute immer öfter in ihre Richtung, mit genau dem gleichen beschützenden Blick, wenn eine Heidschnucke bald lammt. Sie stöhnte und fasste ihn bei der Hand – ich glaube, wir brauchen einen Rettungswagen. Das Kind!" Der Schäfer führte Paul in die hinterste Ecke des Stalles. Dort waren zwei Lager und ein Hundekörbchen, in das Raphi sofort reinsprang. „Wir haben keinen Empfang, also kein Rettungswagen. Wir haben es dann zu hundertviert geschafft – wie bei allen Lämmern. Das Kind kam zu früh, aber es kam. Und als es dann dalag, in einer Krippe aus Heu zwischen zwei Heidschnucken-Muttertieren, die sich wärmend vor es legten, da dachte ich an die ersten Worte, die ich bei dem Streit gehört hatte – Geschenk des Himmels. Die beiden Erwachsenen waren selig und glücklich, nahmen den kleinen Jungen auf den Arm. Sie lagen am Ende zu dritt im Heu, Raphi passte auf. Der Kleine saugte an Mutters Brust und schlief ganz ruhig ein. Die Nacht war auf einmal sternenklar. Ich war nochmal nach draußen gegangen. Es war ruhig, kein Mucks, nicht mal von den Schnucken, die sonst immer mal scharen und sich rühren." Der Schäfer und Paul saßen sich nun wieder gegenüber in dem Stall. Michael zündete die Pfeife wieder an und machte Wasser heiß. Mit zwei Bechern Tee kam er wieder. „Hmmm. Am nächsten Morgen sind sie dann wieder aufgebrochen. Die erste Kinderkarre war meine alte Schubkarre dort – ich habe sie ein paar Tage später wiederbekommen."

Paul sah den Schäfer fasziniert an. „Und du? Naja, vielleicht können wir einfach schlafen, so aufregend muss die Nacht nicht werden wie vor zwei Wochen." „Ich gehe nochmal kurz vor die Tür" sagte Paul, sein Schlafsack war schon ausgerollt. Er sah nochmal in den klaren Sternenhimmel –

ein Lied von Rolf Zuckowski kam ihm in den Sinn… „da wurde mitten in der Nacht ein Kind geboren, da war mit einem Mal der Himmel nicht mehr fern, da sang ein Engelschor: Die Welt ist nicht verloren, und über allem strahlte hell der Weihnachtsstern". [13]

Als er wieder reinkam, war der Schäfer schon eingeschlafen. Friedlich lag er mit dem Kopf auf dem Rücken einer Heidschnucke. Der Kopf des Hundes lag auf seinem Bauch. Paul legte sich daneben und schlief schnell und friedlich ein.

„Und im sechsten Monat wurde der Engel Gabriel von Gott gesandt in eine Stadt in Galiläa, die heißt Nazareth, zu einer Jungfrau, die vertraut war einem Mann mit Namen Josef vom Hause David; und die Jungfrau hieß Maria. Und der Engel kam zu ihr hinein und sprach: Sei gegrüßt, du Begnadete! Der Herr ist mit dir! Sie aber erschrak über die Rede und dachte: Welch ein Gruß ist das? Und der Engel sprach zu ihr: Fürchte dich nicht, Maria! Du hast Gnade bei Gott gefunden. Siehe, du wirst schwanger werden und einen Sohn gebären, dem sollst du den Namen Jesus geben. Der wird groß sein und Sohn des Höchsten genannt werden; und Gott der Herr wird ihm den Thron seines Vaters David geben, und er wird König sein über das Haus Jakob in Ewigkeit, und sein Reich wird kein Ende haben. Da sprach Maria zu dem Engel: Wie soll das zugehen, da ich doch von keinem Manne weiß? Der Engel antwortete und sprach zu ihr: Der Heilige Geist wird über dich kommen, und die Kraft des Höchsten wird dich überschatten; darum wird auch das Heilige, das geboren wird, Gottes Sohn genannt werden. Und siehe, Elisabeth, deine Verwandte, ist auch schwanger mit einem Sohn, in ihrem Alter, und ist jetzt im sechsten Monat, sie, von der man sagt, dass sie unfruchtbar sei. Denn bei Gott ist kein Ding unmöglich. Maria aber sprach: Siehe, ich bin des Herrn Magd; mir geschehe, wie du gesagt hast. Und der Engel schied von ihr. „

Lukas 1, 26-38

Ohr an den Menschen

Langsam verebbte der Lärm der U-Bahnen, die von der U-Bahn-Station Emilienstraße weggefahren waren. Der Bahnsteig leerte sich. Paul stand vor dem Bahnhofskiosk und atmete tief durch. Seine Hände bebten ein wenig und sein Atem ging schnell. Paul hielt mit der rechten Hand seinen Wanderstock etwas zu fest. Der Rucksack lag ihm etwas schwer auf dem Rücken. Was für ein hektischer Morgen!

Dabei hatte der Tag richtig schön angefangen. Paul hatte in einem Waldstück nahe einem Wildgehege übernachtet, auch wenn es noch ein wenig kalt schien im März. Aber sein Schlafsack war dick genug und die Geräusche im Wald beruhigten ihn immer. Heute Morgen hatten ihn die Vögel mit ihrem Gezwitscher geweckt, und die Kälte hatte er eher erfrischend empfunden. Das erste Sonnenlicht brach sich an der feuchten Luft. Wunderschön diese Morgenstimmung. So hatte er dagelegen und durch die Bäume zum Himmel geschaut. Ein Lied war ihm im Kopf und er hatte gesummt: „Er weckt mich alle Morgen, er weckt mir selbst das Ohr. Gott hält sich nicht verborgen, führt mir den Tag empor, dass ich mit Seinem Worte begrüß das neue Licht. Schon an der Dämmrung Pforte ist er mir nah und spricht." [14] Betend, im Gespräch mit Gott hatte er auf dem Waldboden gelegen und gelauscht – auf den Wald, den leichten frischen Wind und sein Rauschen in den Bäumen und … auf Gott.

Der Kontrast könnte nicht größer sein. Es war ein Werktag, Montagmorgen. Paul war verabredet in der Hamburger Innenstadt. Bei St. Jacobi wollten Sie sich treffen und dann in die Hafencity gehen. Dort waren Sie eingeladen, mit erschöpften Menschen zu sprechen, die nicht weiterwissen, und ihnen Gottes Wort, seine Hoffnung bringen. So weit war er aber noch nicht...

Paul hatte die Hamburger U-Bahn genommen und war in die Rush Hour geraten. Der Ruhe des Waldes und der Geborgenheit in Gottes Liebe stand die Hektik der arbeitenden Bevölkerung gegenüber. Es war schwer, nicht mitgerissen zu werden, in diesen brausenden Fluss aus gestressten Gesichtern, lethargischen Blicken. Da wurde geschubst und gestoßen, fast jeder schaut nur auf sein Smartphone – es wurde laut telefoniert und kaum Rücksicht aufeinander genommen. Paul war fertig – sieben Stationen hatte er es ausgehalten, diese Leere in den vollen Zügen, diese Vereinzelung in der Masse und dann musste er raus – selbst emotional angefasst und wütend. „Gott", sprach er leise für sich. „Wo auf dem Weg aus dem Wald habe ich dich aus dem Blick verloren?" Er atmete nochmal tief durch.

Dann hob er den Blick – der vermeintliche Bahnhofskiosk war kein Kiosk. „Das Ohr" stand in großen Buchstaben auf der Fensterscheibe, durch die sicherlich früher Zigaretten, Zeitungen und Getränke gegangen waren. Paul gähnte. „Treten Sie gerne ein und erzählen Sie!", lud ein Aufkleber an der Tür ein. Paul fühlte sich angesprochen, vielleicht konnte er dort ein paar Minuten Ruhe finden und dann seinen Weg fortsetzen. Er trat in den Kiosk ein und schaute sich um. Ein Bücherregal, ein kleiner Tisch und drei Stühle, ein Computer und ein kleiner Schrank. Auf dem Tisch lagen Zettel und Stifte. Nachdem die Tür hinter ihm zugegangen war, war es angenehm ruhig. Die Vorhänge vor den Fenstern verhinderten, dass er auf die Bahnsteige sehen konnte, die sich schon wieder mit Menschen gefüllt hatten, die auf die nächsten Züge warteten. „Eine Oase der Ruhe im Gewühl", dachte Paul.

„Mann, sind die alle noch ganz dicht – fühlt sich an wie in Babylon", sagte laut eine Stimme hinter Paul. Er drehte sich um – ein weiterer Mann war durch die Tür in den Kiosk getreten und schaute sich um. „Ist doch wahr!" Die offensichtliche Wut des Mannes stand ihm förmlich ins Gesicht geschrieben. Die Augen funkelten. „Sorry – mich macht es nur so wütend! Und diese ganzen hektischen Leute, meine Güte." Paul sah seinen Leidensgenossen an. „Haben Sie ein Ohr?" fragte der Mann, „steht ja an der Tür." Paul schüttelte den Kopf. „Ich bin hier genauso wie Sie eben erst reingekommen und genieße gerade die Ruhe – bis eben." „Ok, sorry, ich wollte Sie nicht belästigen, aber da draußen sind die alle so komisch drauf, da dachte ich, dass ich durch diese Tür vielleicht rauskomme aus der Hektik und der lethargischen, müden Atmosphäre." Er streckte die Hand aus. „Timo – aus Nigeria, geflüchtet, aber Deutschkurs – gar nicht einfach diese Sprache." Paul schüttelte ihm die Hand. „Moin, Paul heiße ich." Sie schauten sich an. „Über das Mittelmeer in einem Boot und dann durch Frankreich bis nach Deutschland. Ich musste da weg – ich war Ältester unserer Gemeinde, aber wir wurden immer wieder attackiert. Milizen kamen immer wieder und bedrohten unsere Gemeindemitglieder, meine Familie. Sie nannten sich Muslime, ich glaube, die wissen gar nicht, wie viel von Liebe und Toleranz im Koran steht. Mich haben sie irgendwann mal erwischt und geschlagen, getreten. Sie haben auch nicht aufgehört, als ich schon auf der Straße lag. Irgendwann hatten sie einfach keine Lust mehr. Halleluja. Danach bin ich weg."

„Und hier – christliches Abendland? Schon mal U-Bahn gefahren, hier kannst du ja nicht mal mehr jemanden anlächeln, die schauen alle nur in ihr Smartphone, keine ruhige Minute – diese Gleichgültigkeit finde ich fast schlimmer als die Schläge damals auf der Straße." Paul ahnte, dass Timo ähnliche Gefühle wie er heute Morgen schon durchlebt hatte. „Ob Sie Gott noch kennen?"

„Hm…", Paul versuchte es. „Ich hoffe schon, er wird sie nicht vergessen haben." Auch in Paul kochte es noch. „Aber ich weiß, was du meinst. Ehrlich gesagt, musste ich vorhin aus der U-Bahn raus, ich habe es nicht ausgehalten und bin zufällig hier in diesen Raum gestolpert." „Du gehörst also auch nicht hierher. Merkwürdig." Timo schaute sich um.

„Aber ich frage mich auch, was die Menschen bewegt. Vorhin in der U-Bahn habe ich einen großen, starken Typen mit einem Wikinger-T-Shirt gesehen. Mit einem Spruch wird sich über die Kreuzigung Jesu lustig gemacht. Da habe ich mich schon erschrocken – haben Sie die Liebe Gottes vergessen? Das Kreuz ist doch nicht nur Zeichen des Todes, sondern auch der Hinweis auf die Auferstehung." Paul merkte, wie er wieder wütender wurde.

„Tja", machte Timo weiter. „Was erwartest du, wenn die Leute nur wegen der Kirchensteuer austreten und nur noch 40% Mitglied in einer christlichen Kirche sind? Habe ich in der Zeitung gelesen – bei meinem Nachbarn in der U-Bahn auf so einem Tablet."

„Oder dass diese Wirtschaftsprüfungsgesellschaften nun schon von den Kirchen angeheuert werden und am Ende katholische Schulen geschlossen und Kirchengebäude verkauft werden sollen – in eine Kirche soll ein Kaufhaus einziehen. Eine andere soll abgerissen werden, um dann dort Wohnungen zu bauen. Ich möchte nicht in einer Welt leben ohne Kirchen." Paul begann sich in Rage zu reden. „Habe ich in der Zeitung gelesen – bei meiner Nachbarin in der U-Bahn auf so einem Tablet." Timo grinste ihn an. „Wie viel wir beide von den Leuten in der U-Bahn lernen... vergiss bitte nicht, die Diskussion um christliche Weihnachtslieder an einer Schule in Lüneburg." Er schlug Paul auf die Schulter. „Mir scheint, dass wir Brüder im Geiste sind. Bruder Paul – Gottesknecht. Was wohl der Wikinger-Typ von dir gedacht hat?" Paul schaute an sich herunter. Auf seinem T-Shirt stand: Gott schaut dich liebevoll an. Nun fing auch Paul an zu grinsen. Der ruhige Ort tat seine Wirkung.

Die Tür des Kiosks ging wieder auf und herein kam noch ein Mann mit einem großen Kaffeebecher in der Hand. „Entschuldigen Sie, ich hoffe, dass Sie nicht lange warten mussten. Ich hole mir nur zwischen den Gesprächen immer einen Kaffee oben beim Bäcker. Allerdings stand ich auch schon ein paar Minuten draußen vor der Tür. Interessante Sichtweisen von Ihnen beiden." Paul und Timo schauten sich an. „Eigentlich hat man vor der Tür jedes Wort von Ihnen beiden verstehen können. Aber keine Sorge, die meisten draußen haben Kopfhörer in den Ohren." Er nahm einen Schluck Kaffee und schloss genüsslich die Augen. „Ich heiße Martin." Freundlich sah er die beiden an. „Mir geht es manchmal ähnlich wie Ihnen. Da schlägt ein Abgeordneter der Bürgerschaft aus der CDU den Reformationstag als neuen Feiertag vor. Und die Reaktion: Gut, dass wir noch einen Tag frei bekommen – kaum Interesse warum. Nicht noch einen Tag frei, das schadet der Wirtschaft. Oder: warum einen christlichen Feiertag, dann lieber Weltfrauentag, Tag der Befreiung oder den 9.November.

Und die Befürworter müssen schon alle – auch nicht religiösen - Auswirkungen der Reformation beschreiben, um überhaupt eine allgemeine Zustimmung zu erreichen. Und am Tag der Abstimmung wird noch auf die judenfeindlichen Texte von Luther hingewiesen, um eine positive Abstimmung zu verhindern. Es ist schon eine interessante Zeit, in der wir leben – offen, meinungsvielfältig. Ein bisschen wie damals in Babylon, wo das jüdische Volk sich immer mehr mit dem Exil arrangierte und Gott vergessen hat." Martin ging ans Regal und zog ein Buch hervor. „Jesaja, 50.Kapitel – da heißt es:

„Gott der HERR hat mir eine Zunge gegeben, wie sie Jünger haben, dass ich wisse, mit den Müden zu rechter Zeit zu reden. Er weckt mich alle Morgen; er weckt mir das Ohr, dass ich höre, wie Jünger hören. Gott der HERR hat mir das Ohr geöffnet. Und ich bin nicht ungehorsam und weiche nicht zurück. Ich bot meinen Rücken dar denen, die mich schlugen, und meine Wangen denen, die mich rauften. Mein Angesicht verbarg ich nicht vor Schmach und Speichel. Aber Gott der HERR hilft mir, darum werde ich nicht zuschanden. Darum hab ich mein Angesicht hart gemacht wie einen Kieselstein; denn ich weiß, dass ich nicht zuschanden werde. Er ist nahe, der mich gerecht spricht; wer will mit mir rechten? Lasst uns zusammen vortreten! Wer will mein Recht anfechten? Der komme her zu mir! Siehe, Gott der HERR hilft mir; wer will mich verdammen? Siehe, sie alle werden wie ein Kleid zerfallen, Motten werden sie fressen." Martin nahm noch einen Schluck Kaffee.

„Wie gut, dass wir Selbstvertrauen in dieser Welt haben dürfen – da Gott mit uns ist und für uns streitet. Wenn Gott für uns ist, wer kann wider uns sein." „Römer 8, Vers 31", sagten Paul und Timo aus einem Mund. Alle drei fingen an zu lachen. „Wo zwei oder drei in deinem Namen versammelt sind, da ist er mitten unter Ihnen", sagte Martin. „Warum seid ihr denn nun wirklich hier?"

„Rein zufällig." Paul zuckte mit den Schultern „Nur so.", sagte Timo. „Ich biete hier Gespräche an und höre nur zu, sonst nichts. Ich habe diesen Kiosk für ein halbes Jahr gemietet. Ihr habt Glück, dass gerade kein Gespräch war.", ergänzte Martin. „Und ich spüre sie täglich, diese Sehnsucht nach dem liebenden Gott, die Sehnsucht, Dinge wiederzufinden. Ich bin froh, dass ich nach einer langen Krankheit durch meinen Glauben und dass Gefühl der Liebe Gottes wieder genesen bin. Gott hat mich an die Hand genommen. Und nach viel Leiden haben nun die dunklen Mächte keine Macht mehr über mich. Diesen Weg aus der grauen Leere und der Effizienz versuche ich aufzuzeigen. Die Menschen haben das alles in sich, aber irgendwie in der Hektik vergessen." „Amen.", sagten Paul und Timo wieder wie aus einem Mund.

„Tja, ich muss dann mal los", Paul hielt den anderen beiden die Hand hin. „Erschöpften Menschen den Weg zeigen."

„Einen Kaffee holen und dann mit deutschen Brüdern über die Christenverfolgung in Nigeria sprechen.", sagte Timo.

„Ich höre anderen einfach wieder zu." Martin nahm die beiden nacheinander in den Arm. „Gott sei mit euch" „und mit seinem Geiste" antworteten Paul und Timo.

„Gott der HERR hat mir eine Zunge gegeben, wie sie Jünger haben, dass ich wisse, mit den Müden zu rechter Zeit zu reden. Er weckt mich alle Morgen; er weckt mir das Ohr, dass ich höre, wie Jünger hören. Gott der HERR hat mir das Ohr geöffnet. Und ich bin nicht ungehorsam und weiche nicht zurück. Ich bot meinen Rücken dar denen, die mich schlugen, und meine Wangen denen, die mich rauften. Mein Angesicht verbarg ich nicht vor Schmach und Speichel. Aber Gott der HERR hilft mir, darum werde ich nicht zuschanden. Darum hab ich mein Angesicht hart gemacht wie einen Kieselstein; denn ich weiß, dass ich nicht zuschanden werde. Er ist nahe, der mich gerecht spricht; wer will mit mir rechten? Lasst uns zusammen vortreten! Wer will mein Recht anfechten? Der komme her zu mir! Siehe, Gott der HERR hilft mir; wer will mich verdammen? Siehe, sie alle werden wie ein Kleid zerfallen, Motten werden sie fressen."

Jesaja 50, 4-9

Talkshow

Die Scheinwerfer im Fernsehstudio waren an und auf den Talkmaster und seine Gäste gerichtet. Das Klatschen verstummte, nachdem Markus als Moderator seinen Gast Paul begrüßt und als passionierten Wanderer vorgestellt hatte. Paul saß ihm gegenüber. Das Thema war „Wandern in Deutschland". Einige Prominente aus Politik und Showbusiness waren vor Paul dran gewesen und hatten im Gespräch mit Markus erklärt, warum sie gerne zum Urlaub in Deutschland blieben und vor allem wandern gingen. Paul hatte interessiert zugehört und konnte die Erholung durch Bewegung und durch die Ruhe der Natur gut nachvollziehen. Außer einigen spitzen politischen Bemerkungen in der Abwägung von Wirtschaftsflächen und Naturschutzgebieten herrschte kurz vor der parlamentarischen Sommerpause Harmonie unter den sonst durchaus stark gegensätzlich orientierten Politikern. Paul war eine Empfehlung eines Kollegen von Markus gewesen. Der Wandervogel war einigen Leuten aufgefallen und in einigen sozialen Netzwerken hatte es kleine Posts zu einem wandernden Typen gegeben. Das weckte für das Thema des Abends Interesse, und so hatte Markus ihn ausfindig gemacht und eingeladen. Für ein Vorgespräch war keine Zeit mehr gewesen. Aber was sollte schon schiefgehen, die Zuschauer interessierten die anwesenden Politiker sowieso mehr als so ein dahergelaufener Typ.

„Paul, herzlich willkommen – Sie wandern quer durch Deutschland. Das ist ihre Passion?" begann Markus das Gespräch und beugte sich ein wenig vor in Pauls Richtung. „So könnte man es sagen." Paul lehnte sich zurück.

„Wie lange sind Sie schon unterwegs?"

Paul schaute ihn an, als ob die Frage völlig irrelevant wäre. „Mal überlegen, ich glaube 5 Jahre. Fairerweise muss ich anmerken, dass ich in den 5 Jahren nicht nur in Deutschland war." Paul saß dort im Studio, neben ihm war sein Rucksack an den Stuhl gelehnt.

„5 Jahre ist eine lange Zeit." Markus schaut Paul an. „Sie verbringen ihr gesamtes Leben auf der Wanderschaft?"

„Ja", sagte Paul kurz und guckte Markus an, als ob die Frage nicht notwendig gewesen wäre.

Markus guckte irritiert. „Also – ich meine – Sie arbeiten wie ein Handwerker auf der Walz mal hier mal dort?"

„Ja", sagte Paul. „Als Segelmacher finde ich immer mal wieder eine Anstellung, um mir ein wenig dazuzuverdienen. Aber die meiste Zeit bin ich unterwegs und spreche mit den Menschen, die ich so treffe, helfe, wo Hilfe nötig scheint."

„Sie meinen, dass Sie ohne Geld in Deutschland klarkommen?"

Nun beugte Paul sich auch vor. „Nein, aber ich meine, dass ich mit wenig auskomme. Häufig übernachte ich auch in der Natur und genieße all das, was meine Vorredner so gelobt haben."

„Aber das ist doch verboten!", meldete sich einer der anderen Gäste zu Wort. „Stimmt", sagte Paul mit einem breiten Grinsen. „Das hat mir ein Polizist in der Lüneburger Heide auch mal erklärt. Wir haben dann zusammengesessen und lange gesprochen, über ihn und was ihn so bedrückte und bewegte – von mir, wo ich herkomme und was ich so denke. Ich glaube, ihr würdet das als Seelsorge bezeichnen.

Nachts um zwei Uhr, als er ging, sagte er, ich hätte ihm sehr geholfen. Ich möge am nächsten Tag einfach alles sauber hinterlassen und meiner Wege gehen. Ich habe mich bedankt und ihm Gute Nacht gewünscht und ergänzt, dass ich nicht meiner Wege, sondern seiner Führung folge."

Markus schaute verwirrt – hatte sein Team auf den Vorbereitungskarten etwas vergessen? „Seiner Führung? Sie meinen den Polizisten?"

„Nein. Gott – unsern Herrn." Paul schaute Markus direkt an.

„Ach ja – Sie wollen sagen, dass Gott Ihnen gesagt habe, dass Sie losgehen sollen."

„Ja", antwortete Paul „So war das."

„Interessant..." Markus beugte sich vor. Er legte die Hand vor den Mund, als ob er nur Paul etwas sagen wollte. „Aber Gott spricht ja nicht mit jedem, oder?"

„Hmmm..." sagte Paul und schaute Markus verschwörerisch an. „Ich glaube schon, dass er es versucht, aber vielleicht hört nicht jeder zu."

Das hatte gesessen – Markus hatte ein wenig Schweiß auf der Stirn. Das Thema ging eindeutig vom Wandern weg. „Nun gut – und wie ist das so, wenn Gott zu einem spricht – scheinbar merken es nicht alle."

Paul griff in seinen Rucksack und holte ein Buch raus. Markus erschrak und versuchte einen Witz: „Gott spricht zu Ihnen durch ein Kinderbuch?"

Tatsächlich hatte Paul, der sich nun sichtbar ein wenig ärgerte ein Kinderbuch rausgeholt, auf dem ein kleines

Mädchen mit einem Eis zu sehen war. „Nein, aber mit dem Buch kann ich es gut erklären. „Der liebe Gott ist wie Himbeereis?", fragt Anna erstaunt. Denn Anna liebt Himbeereis über alles. „Nein, Gott ist nicht wie Himbeereis", lacht Mama und streichelt Annas Bauch. „Aber er ist so wie das glückliche Gefühl in deinem Bauch, wenn du Himbeereis gegessen hast." [15]

So war es bei mir auch. Ich wusste in meinem Bauch, dass es total richtig ist, es fühlte sich einfach gut an und dass Gott zu mir gesprochen hat – ich möge losgehen in ein Land, das er mir zeigen will."

„Hahaha", lachte ein Politiker. „Und da sind Sie einfach los?"

„Ja", Paul schaute etwas verärgert, da er scheinbar nicht ernst genommen wurde. „Ich habe meine Sachen gepackt, mich von meinen Freunden und meiner Familie verabschiedet und bin losgezogen."

„Finden Sie nicht, dass das in der heutigen Zeit ungewöhnlich klingt?" fragte Markus.

„Warum?", fragte Paul zurück.

„Naja, die wenigsten Menschen brechen einfach auf – da ist die Arbeit, die Wohnung, die Familie, Formalien…"

„Na und?" Paul breitete die Arme ein wenig aus, die Handflächen nach oben gekehrt. „Hannes hat mich gesegnet und hat gesagt, dass ich ein Segen für andere sein soll. So bin ich los und bin unterwegs."

„Wer ist denn Hannes?" fragte Markus.

„Ein Mann aus Norddeutschland, der mir in Damaskus den Weg zu Gott gezeigt hat. Und ich fühle mich getragen und bin dankbar. Jeden Tag kann ich seine gute Botschaft verkündigen, kann die Auferstehung Jesu Christi erzählen. Gott hat mich in Damaskus wiedergefunden. Hannes und ich haben uns später wiedergetroffen und lange gemeinsam gebetet. Als ich dann wieder loszog, stand Hannes in der Tür, hatte eine Träne in den Augen. Aber seitdem habe ich vielen Menschen helfen können und ich glaube, dass ich weiß, was er meinte, als er sagte, dass ich ein Segen sein soll. Ich habe zugehört, Kaffee mit den Menschen getrunken, stand neben einem Schäfer und habe gepredigt. Manchmal war ich einfach nur da. Und oft habe ich mich geärgert, über die Menschen, die Gott nicht mehr hören. Aber ich weiß, dass Gott sie sucht und nie nachlässt sie anzusprechen, ihm auf seinen Wegen zu folgen."

„Ach ja, sollen wir jetzt wie die Nomaden umherziehen?", dröhnte ein Fernsehpromi, der eine eigene Kochshow hat und über die Vielfalt der Kräuterentdeckungen beim Wandern gesprochen hatte.

„Weiß ich nicht", sagte Paul. „Ich glaube, dass jeder seinen eigenen Platz in Gottes Plan hat. Meiner war loszuziehen und die gute Botschaft zu verkündigen."

Markus merkte, dass ihm die Moderation entglitten war, drei Viertel der Sendezeit hatten sie nun nur mit dem Wanderprediger gesprochen und kontrovers war es auch nicht zugegangen. Der Chefredakteur machte hinter der Kamera auch schon Zeichen für Schluss und schaute genervt.

„Danke.", sagte Markus mit einem Kopfnicken in Richtung Paul. „Dann wünsche ich weiter gute Wege." Er schaute direkt in die Kamera. „Bleiben Sie uns gewogen – wenn Sie wollen sehen wir uns morgen auf diesem Kanal wieder."

Tatsächlich hatte es Diskussionen mit dem Chefredakteur gegeben. Markus hätte gerne etwas mehr Pfeffer geben sollen, die Politiker hätten um den Naturschutz streiten sollen und dieser Wandervogel sei wohl völlig daneben gewesen. Das war nicht kontrovers genug.

Markus war fasziniert gewesen von Paul – der schien irgendwie gefestigt und überhaupt nicht verwirrt. Als er in seine Garderobe kam, lag ein Briefumschlag vor dem Spiegel. „An Markus – Gott segne dich – Paul" stand auf dem Umschlag und drin lag ein Zettel. Markus faltete ihn auseinander:

1 Mose 12,1-4

„Und der HERR sprach zu Abram: Geh aus deinem Vaterland und von deiner Verwandtschaft und aus deines Vaters Hause in ein Land, das ich dir zeigen will. Und ich will dich zum großen Volk machen und will dich segnen und dir einen großen Namen machen, und du sollst ein Segen sein. Ich will segnen, die dich segnen, und verfluchen, die dich verfluchen; und in dir sollen gesegnet werden alle Geschlechter auf Erden. Da zog Abram aus, wie der HERR zu ihm gesagt hatte, und Lot zog mit ihm. Abram aber war fünfundsiebzig Jahre alt, als er aus Haran zog."

Markus wischte sich eine Träne aus dem Auge.

„Und der HERR sprach zu Abram: Geh aus deinem Vaterland und von deiner Verwandtschaft und aus deines Vaters Hause in ein Land, das ich dir zeigen will. Und ich will dich zum großen Volk machen und will dich segnen und dir einen großen Namen machen, und du sollst ein Segen sein. Ich will segnen, die dich segnen, und verfluchen, die dich verfluchen; und in dir sollen gesegnet werden alle Geschlechter auf Erden. Da zog Abram aus, wie der HERR zu ihm gesagt hatte, und Lot zog mit ihm. Abram aber war fünfundsiebzig Jahre alt, als er aus Haran zog."

1.Mose 12, 1-4

Paul auf dem Weihnachtsmarkt

Ich stand auf dem Weihnachtsmarkt vor der Kirche. Die Woche war anstrengend gewesen, Jahresendrallye bei der Arbeit. Mit ein paar Kollegen hatte ich einen Glühwein zum Wochenabschluss getrunken. Diese waren inzwischen weitergezogen, ich stand noch allein an der Glühweinbude und trank den letzten Schluck aus dem schmucken Becher. Eine Mandel befand sich am Boden des Bechers und ich steckte sie mir mit spitzen Fingern in den Mund. Langsam drehte ich die Mandel mit der Zunge im Mund und schob sie von einer Wange zu anderen. Ich schaute dem Kirchturm empor und dachte nach: Verstanden die Menschen noch, warum wir Weihnachten feiern? Oder war es nur noch Konsum, Weihnachtsparty und „Last Christmas" aus den Lautsprechern?

Auf einmal stellte sich ein Mann neben mich, ließ einen Rucksack auf den Boden gleiten. Ein Wanderstock wurde an den Glühweinstand gelehnt. Er stützte sich mit den Unterarmen auf die Theke des Glühweinstands und lächelte die Bedienung an. „Einen Kakao bitte – ohne Schuss" Dann drehte der Mann mir sein Gesicht zu und schaute mich an. „Paul?" fragte ich und am Grinsen erkannte ich den Mann, den ich vor vier Jahren in Hamburg im Hafen kennengelernt hatte. Paul hatte damals ziemlich Eindruck hinterlassen, hatte von seinen Glaubenserfahrungen erzählt. Die alte Frau im Rollstuhl, die er damals gesegnet, hatte, traf ich jeden Monat mindestens einmal am Hafenanleger. „Ja, der bin ich", sagte er mit glitzernden Augen. „Schön, dich zu sehen." Er drehte sich zur Bedienung. „Zwei Kakao, bitte."

Ich freute mich riesig. In den vergangenen vier Jahren hatte er mir mindestens zehn Briefe geschrieben - von vielen

Orten, an denen er als eine Art Wanderprediger war. Ich sah ihn an, ging zwei Schritte auf ihn zu und umarmte ihn. „Es freut mich auch, dich wiederzusehen. Wie geht es dir?" „Sehr gut", erwiderte er. „Gott hat mich immer wieder an Orte geführt, an denen ich gebraucht wurde, an denen ich Menschen Zuspruch und Zuversicht geben konnte. Und ich habe selbst eine Menge gelernt."

Wir lösten uns aus der Umarmung. „Ja, das glaube ich gerne – ich habe alle deine Briefe aufbewahrt... manchmal hätte ich mir gewünscht, dabei zu sein."

„Komm doch mit – aber by the way, warte ein bisschen. Nachts wird es draußen doch langsam zu kalt zum Übernachten. Wollen wir uns mit dem Kakao auf die Kirchentreppe setzen?"

So gingen wir mit unserem Kakao in der Hand in Richtung Kirche und setzten uns auf die Treppe. Einen Moment saßen wir da und schauten auf die Menschen auf dem Weihnachtsmarkt. Paul nippte an seinem Kakao.

„Kurz bevor du kamst, überlegte ich gerade, ob die Menschen noch wissen, warum sie eigentlich Weihnachten feiern. Schau dir dieses Weihnachtsparty-Getreibe auf dem Weihnachtsmarkt an – ganz schön verrucht zum Teil." Ich nahm ebenfalls einen Schluck Kakao.

„Hmmm... mir ist da nicht so bange", sagte Paul. „Vor ein paar Tagen habe ich noch in der Lüneburger Heide übernachtet, bin durch die immer dunkleren Wälder gegangen, habe die frische Luft eingesogen. Aber zu Weihnachten zieht es mich dann in die Stadt." Er blies den heißen Kakao-Dampf über den Becher.

„So kam ich von Süden in die Stadt. Es ist eine heimelige Stimmung, die einen empfängt – aus dem dunklen Wald und dann kommt man an die Häuser, in deren Fenstern inzwischen Kerzen stehen, Lichtertreppen und Lichterketten und Herrnhuter Sterne leuchten in den Carports und Tannenbäumen. Es ist zu schön."

Er trank einen Schluck Kakao und stellte den Becher neben sich auf die Treppe.

„Ehrlich gesagt, kann ich nicht immer an mich halten und manchmal luge ich durch ein Fenster. Ich ging an einem Mehrfamilienhaus vorbei. Von der Straße aus konnte ich in ein kleines Wohnzimmer sehen. Eine alte Dame saß vor dem Fernseher. Ich konnte ihr ins Gesicht sehen – traurig sah sie aus, richtig zusammengesunken saß sie dort in dem großen Sessel. Neben ihr auf dem Tisch stand ihr Telefon, so ein altes grünes Telefon mit Schnur." Paul grinste. „Kennt kaum noch einer, oder? Aber Spaß beiseite – Bilder von Kindern, von Paaren und das Bild eines alten Mannes standen auf dem Tisch neben dem Telefon. Sie schaute gerade aus, ohne Regung auf den Fernseher. Auf einmal klingelt das Telefon – so laut, dass ich es draußen vor dem geschlossenen Fenster hören konnte. Jemand meldete sich und die alte Dame fing an zu lächeln. Richtig hübsch sah sie nun aus, ein Leuchten trat auf die Augen. Sie legte den Hörer kurz zur Seite, stand auf und holte einen Kalender und einen Kugelschreiber. Den Hörer hielt sie mit der einen Hand fest, mit der anderen notierte sie etwas. Als sie aufgelegt hatte, sah sie richtig zufrieden aus. Sie machte den Fernseher aus, ging raus und kam mit einem Piccolo-Sekt wieder. Sie strich mit den Fingern über das Bild des alten Mannes, prostete ihm zu und lächelte."

„Weihnachten als Fest der wiederentdeckten Familie?",
fragte ich.

Paul erzählte weiter: „Vielleicht. Ein paar Straßen weiter sah
ich durch ein Fenster zwei junge Menschen auf einem Sofa
sitzen. Sie prosteten sich zu – mit Traubensaft, die
Tetrapack-Tüte stand noch auf dem Tisch. Sie schauten sich
ins Gesicht, lächelten sich an. Dann nahm er sie in seine
Arme und küsste sie lang und innig. Als sie losließen, lag ein
träumerischer Blick auf ihren Augen. Sie griff auf dem Tisch
nach einem kleinen Blatt Papier, auch aus der Ferne konnte
ich eine schwarz-weiße Fotografie erkennen. Sie lachte und
zeigte auf ihren Bauch. Dann drehte sie sich auf dem Sofa
um die eigene Achse und legte ihren Kopf in seinen Schoß.
Ein hübsches Bild – eine wachsende Familie."

„Tja", ich schaute Paul an. „Ein Kind verändert die Welt – im
Großen wie im Kleinen. Aber erinnern sich alle noch an
dieses Wunder, das unser aller Anfang ist und dessen wir
uns immer wieder erinnern sollten, um auch unseren
Nächsten als ein Wunder zu sehen."

Nach einem weiteren Schluck Kakao fuhr Paul fort. „Ich kam
an einer Kneipe vorbei. Durchs Fenster sah ich drei Männer
an einem runden Tisch, sie spielten Karten, neben jedem der
drei stand ein Glas Bier und ein kleines Schnapsglas, aber
auch kleine eingepackte Geschenke. Ich denke, dass sie um
die Geschenke spielten. Sie sahen aus, wie kleine
Spitzbuben, die sich gegenseitig belauerten. Und plötzlich
schienen sie fertig – sie prosteten sich zu und lachten laut.
Jeder nahm sein Geschenk und packte es aus. Alle drei
hielten sie eine kleine Tüte mit Pralinen in der Hand. Dann
kam die Bedienung an den Tisch. Einer der Männer holte
noch ein kleines Geschenk aus seiner Jackentasche und gab

es der jungen Frau. Ihre Augen glänzten, die drei klatschten Applaus. Und dann ging sie und kam mit drei Bieren wieder. Und sie fingen an weiterzuspielen."

„Es geht also doch um Geschenke…", warf ich ein.

Paul fuhr fort. „Dort in der Straße direkt um die Ecke stehen eine Reihe von Einzelhäusern. Bei einem konnte ich ins Wohnzimmer sehen, die Hecke um den Garten war nicht hoch. Ich blieb stehen und schaute. An einem Tisch saßen ein Mann, eine Frau und zwei Kinder und spielten – ich denke Mensch-Ärgere-dich-nicht. Alle waren konzentriert. Die Kinder waren stark angespannt – Freude, als der kleine Junge eine Figur eines Erwachsenen schlagen konnte, und Ärger, als das Mädchen eine Figur des Jungen vom Feld nahm. Der Würfel wurde über den Tisch geworfen. Die Kinder schrien sich an. Der Mann hob den Würfel auf. Er guckte die Kinder an. Es ist doch nur ein Spiel, wird er wohl gesagt haben, hob den Jungen auf seinen Schoß. Der boxte seinen Vater. Seine Mutter wischte ihm die Tränen mit einem Taschentuch ab. Sie sprach mit dem Mädchen, das ihren Bruder triumphierend anlächelte. Der Junge lehnte sich bei seinem Vater an, die Mutter kam mit zwei Kakao wieder. Und dann spielte die Familie weiter…"

Ich schaute Paul an. „Weihnachten – Fest des Friedens in der Familie?"

Paul schaute auf den Weihnachtsmarkt. „Ich glaube, dass die Menschen noch immer fasziniert sind, fasziniert, dass die Geburt eines Kindes vor 2.000 Jahren die Welt so nachhaltig verändern konnte. Nach einem dunklen November tut es ihnen gut, die Lichterketten aufzuhängen, Lichter in die Fenster zu stellen und einmal im Jahr die kleinen Wunder,

Geschenke und Aufmerksamkeiten wiederzuentdecken. Mit der Familie zusammenrücken, Liebe spüren, dem Nächsten spüren lassen, dass man sich liebt und füreinander da ist. Ich glaube, dass es keinen besseren Anfang für den Frieden in der Welt gibt. Es war Gott, der uns gezeigt hat, dass seine Liebe zu uns so groß ist, dass er seinen einzigen Sohn zu uns geschickt hat." Paul lächelte mich an. „Tief drinnen im Herzen haben die Menschen nicht vergessen, warum wir Weihnachten feiern. Sie sehnen sich nach Liebe, danach Liebe zu schenken und ihrem Nächsten Gutes zu tun – und ich glaube, dass sie um den Ursprung in Gottes Liebe wissen. Und ehrlich gesagt: es schadet auch nicht, dass wir Glaubenden – die wir predigen und den Menschen mit unseren Glaubensbekenntnissen nahekommen – sie ein klein wenig daran erinnern. Und wenn es nur die schönen Adventslieder sind, die wir singen – die fast ausnahmslos von seiner Ankunft auf dieser Welt verkündigen. Mir ist nicht bang. Und ich glaube, dass gerade zu Weihnachten, Gott ganz liebevoll zu uns schaut, uns vielleicht manchmal ein wenig schubst und doch den Frieden bemerkt, der über die Welt kommt – mindestens für Weihnachten."

Paul stand auf und brachte unsere Becher zum Glühweinstand zurück. Als er zurückkam, hatte er den Rucksack aufgesetzt und hatte den Wanderstab in der Hand. In der Feuerschale neben der Kirchentür war noch Asche zu sehen. Mit einem Finger tauchte er ein, stand direkt vor mir und zeichnete mir ein Kreuz auf die Stirn. „Der Herr sei mit dir auf deinen Wegen. Amen."

„Ade", sagte ich leise, da hatte er sich schon umgedreht und ging. „Auf Wiedersehen, Paul." Ich schaute wieder auf den Weihnachtsmarkt – gerade sah ich, wie eine Frau sich liebevoll an einen Mann kuschelte. Ja, vielleicht hatte Paul Recht. Einmal im Jahr werden aller Stress und Streit unterbrochen und die Menschen rücken zusammen, spüren die Liebe, die Gemeinschaft. Ja, einmal im Jahr kam Gott uns ganz nah, egal wie weit weg wir sonst von ihm sind. Ich würde darum beten, dass die Menschen es merken.

Wann ich wohl Paul wiedersehe? Ob wohl wieder ein Brief kommen wird? Ich freue mich drauf. Ich biss die Mandel entzwei, stand auf und ging Richtung nach Hause – meine Lieben in den Arm zu nehmen.

„Das Volk, das im Finstern wandelt, sieht ein großes Licht, und über denen, die da wohnen im finstern Lande, scheint es hell. Du weckst lauten Jubel, du machst groß die Freude. Vor dir freut man sich, wie man sich freut in der Ernte, wie man fröhlich ist, wenn man Beute austeilt. Denn du hast ihr drückendes Joch, die Jochstange auf ihrer Schulter und den Stecken ihres Treibers zerbrochen wie am Tage Midians. Denn jeder Stiefel, der mit Gedröhn dahergeht, und jeder Mantel, durch Blut geschleift, wird verbrannt und vom Feuer verzehrt. Denn uns ist ein Kind geboren, ein Sohn ist uns gegeben, und die Herrschaft ist auf seiner Schulter; und er heißt Wunder-Rat, Gott-Held, Ewig-Vater, Friede-Fürst."

Jesaja 9, 1-5

Antworten von Paul

Ich habe meinen Freund Paul lange nicht gesehen, noch mit ihm gesprochen. Gerne hätte ich mal wieder mit ihm zusammengesessen. Sie können sich vielleicht erinnern – Paul, ein etwas schräger Typ, der landauf, landab unterwegs ist. Immer trägt er seine gesamte Habe im Rucksack und schläft – wenn es das Wetter zulässt – draußen unter freiem Himmel. Und er erzählt den Menschen von Jesus, von der guten Botschaft seiner Auferstehung. Vielen hat er Mut zugesprochen, Zuversicht gegeben – ich würde sagen, er hat Gottes Liebe zu uns Menschen sichtbar gemacht. Ja, es wäre schön, Paul mal wieder zu sehen, zu wissen, wie es ihm geht. Denn auch Paul hat es nicht immer einfach gehabt im Leben – zum Glauben hat auch er nach einer schweren Lebenskrise gefunden, nachdem ihm vieles über den Kopf gewachsen war.

Paul ist nicht einfach zu erreichen – er ist doch irgendwie noch ein analoger Typ, jedenfalls habe ich weder eine Handynummer noch eine Mailadresse. Seine Spuren zu finden, ist wiederum nicht so schwer – immer wieder sind Hinweise im Netz auf Veranstaltungen oder Begegnungen mit ihm zu finden. So habe ich ihn in der Vergangenheit auch immer mal wieder aufspüren und ihm ein Brief zukommen lassen können. Ich setzte mich also hin und schrieb. Ich wollte seine Meinung wissen, da er mir auch in der Vergangenheit immer wieder helfen konnte. Mir geht es nämlich verdammt gut, auch wenn ich viel um die Ohren habe – Familienarchitektur, Kinder, ehrenamtliches Engagement, Beruf und viel Interesse an politischen Diskussionen. Natürlich passieren auch mal unvorhergesehene Sachen - „nur noch kurz die Welt retten" ist ja ein geflügeltes Wort geworden. Insgesamt bekomme ich das alles gut auf die Reihe und bin sehr zufrieden. Meine Familie ist ein echter Haltepunkt. Und ich freue mich über viele kleine Dinge, die täglich passieren – die kleinen Erfolge und positiven Erlebnisse der Kinder strahlen aus.

Und trotzdem nagt da etwas: Immer wieder fragen mich Freunde, wie ich das eigentlich alles unter einen Hut bringe. Sie würden das nicht schaffen, das sei doch viel zu viel. Als ich neulich pfeifend über den Flur in der Firma ging, sprach mich eine Kollegin an: „Wie machst du das? Bei so vielen Aufgaben so fröhlich zu bleiben – das könnte ich nicht." Ehrlich gesagt – bisher habe ich immer geantwortet: „weiß ich nicht wirklich, geht schon – frisch, fromm, fröhlich, frei ans Werk und läuft". Aber ich habe in den letzten Jahren auch merken dürfen, dass irgendwann die Energie nicht mehr reicht, die Aufgaben zu viele werden, die Seele Ruhe braucht. Irgendwann hast du das Gefühl, dass selbst für das Durchatmen keine Zeit ist. Und allmählich nagte diese Frage im Hinterkopf – „Wie machst du das bloß?". Ich suchte nach Antworten und war aber mit meiner eigenen Analyse nicht zufrieden. Es ist gut, sich geliebt, gemocht und getragen zu wissen. Es ist gut, Freunde zu haben, mit denen ich auch mal kritisch diskutieren kann, ohne dass eine Freundschaft in Frage gestellt wird. Und doch blieb so ein ungeklärter Gedanke im Kopf, der dich irgendwann auch ohne Fragesteller immer wieder einholt.

Der Brief an Paul war fast fertig. Ich fragte ihn, ob er mir helfen könne, eine echte Antwort zu finden. Ob nicht ich vielleicht auf der falschen Spur wäre mit meinen vielen Aktivitäten. Zweifel traten auf und das schrieb ich ihm.

Ein paar Wochen später kam eine Postkarte aus Österreich –
von Paul.

„Lieber Niko,

Gott aber erweist seine Liebe zu uns darin, dass Christus für
uns gestorben ist, als wir noch Sünder waren. (Römer 5,8).

Dein Paul

P.S.: Johannes 3

P.S.: In rechter Ordnung lerne Jesu Passion."

Das ist nicht unbedingt die Antwort, die ich erwartet hatte.
Lieber Paul, dachte ich, das weiß ich doch, dass Christus für
uns gestorben ist. Ich schnappte mir die Bibel und schlug das
Johannes-Evangelium auf – 3.Kapitel. Hmmm... sehr
passend.

Nikodemus kommt zu Jesus in der Nacht und fragt ihn nach
seinen Wundern und vor allem danach, wie man den Weg
zu Gott findet, neu geboren wird. Ein warmes Gefühl
breitete sich in mir aus – ich liebe diesen Text. Jesus ist
erstaunt, sollte doch Nikodemus als ein Lehrer Israels die
Antworten kennen. Und dann kommt eine der für mich
schönsten und eindrucksvollsten Stellen in der Bibel: „Denn
also hat Gott die Welt geliebt, dass er seinen eingeborenen
Sohn gab, auf dass alle, die an ihn glauben, nicht verloren
werden, sondern das ewige Leben haben. Denn Gott hat
seinen Sohn nicht in die Welt gesandt, dass er die Welt
richte, sondern dass die Welt durch ihn gerettet werde."

Aber was wollte mir Paul damit sagen? Ich las das Kapitel immer und immer wieder. Gott gab seinen Sohn ans Kreuz für uns, um die Welt zu retten. Und alle, die an ihn glauben, sollen das ewige Leben haben. Gott hat Erbarmen mit uns. Ich schaute aus dem Fenster meiner Wohnung – dass klingt so einfach: alle, die an ihn glauben, sind nicht verloren, sondern erhalten das ewige Leben. Und Jesus kam als Retter und nicht als Richter. Aber woraus rettet Jesus uns? Vor mir lag die Zeitung mit den Schlagzeilen des Tages: Gewalt, Lügen, Terror, Umweltverschmutzung, Egoismus auf Kosten anderer, Betrügereien. Vielleicht meint Jesus diese Dinge, wenn er von Finsternis spricht. Und ja – keiner lässt sich gern erwischen dabei, nicht umsonst sprechen wir von lichtscheuem Gesindel.

Aber ich merkte, dass hier die Spur lag, die Paul legen wollte. Ich kenne dieses Strahlen, diese Herzenswärme, das Licht, das aufleuchtet, wenn wir Menschen untereinander und mit uns selbst liebevoll, wertschätzend umgehen. Es wird hell, wenn Wahrheit und Gerechtigkeit, wenn die Erhaltung von Gottes Schöpfung und die Freude an den Wundern der Natur uns eine Herzenssache sind. Und wenn wir dieses benennen, legen wir manchmal auch den Finger in die Wunden, die unsere Gesellschaft mit ihren Konfliktlinien so zeigt. Es gilt also, die Trennung zu Gott zu überwinden und den Glauben lebendig zu leben.

Das warme Gefühl war immer noch da – klar, fiel es mir wie Schuppen von den Augen. Wenn Gott uns so liebt, dass er seinen einzigen Sohn sandte, um die Welt – um uns zu retten, dann kann ich eigentlich ganz gelassen sein. Dann kann ich als glaubender Christ strahlen – vor Ruhe und Souveränität. Dann wirft mich nicht alles gleich aus der

Bahn, da ja die Prioritäten geklärt sind. Und es bekommt ja auch alles einen guten Sinn, denn die Rettung der Welt ist angekündigt, aber wir sehen, was noch im Argen ist. Und so braucht Jesus uns als Glaubende als seine Hände, Füße, Ohren und als seine Botschafter in dieser Welt, die mit langem Atem nicht aufhören, unseren Beitrag zur Rettung der Welt, gegen das Böse in der Welt zu leisten. Und wir dürfen darauf vertrauen, dass wir nicht allein sind, sondern Gott mit mir und mit uns ist. Vor allem brauchen wir keine Angst vor der Zukunft zu haben. Wir dürfen Verantwortung für das Gute übernehmen, für ein gutes Miteinander in der Gesellschaft und für die Erhaltung von Gottes Schöpfung – mit Zuversicht und mit Vertrauen in seine Hilfe.

Ich nahm die Bibel nochmal in die Hand. Paul hatte mich eindrucksvoll daran erinnert, dass die Antworten auf viele Fragen schon ihre Spur in der Bibel finden. Es lohnt sich nachzulesen. Ich lächelte still in mich hinein. In den kleinen Ärgernissen der Welt, im Stress des Alltags können wir gelassen sein, wissen wir doch, dass bei Gott alles seine Ordnung findet, die Welt gerettet sein wird. In rechter Ordnung lerne Jesu Passion – ja, nachlesen lohnt sich, kann Jesus uns doch Bruder und Vorbild, Beispiel sein. Ich schaute gen Himmel – gut zu wissen, von oben getragen zu sein und immer wieder einen Stups in die richtige Richtung zu kriegen.

Ein paar Tage später kam noch ein Brief – ich erkannte Pauls Handschrift sofort. Es lag nur ein Zettel mit einem Gedicht darin – da stand:

„Für Niko.

Ich bin vergnügt, erlöst, befreit.
Gott nahm in seine Hände meine Zeit,
mein Fühlen, Denken, Hören, Sagen,
mein Triumphieren und Verzagen,
das Elend und die Zärtlichkeit.
Was macht, dass ich so fröhlich bin
im meinem kleinen Reich?
Ich sing und tanze her und hin
vom Kindbett bis zur Leich.
Was macht dass ich so furchtlos bin
an vielen dunklen Tagen?
Es kommt ein Geist in meinen Sinn,
will mich durchs Leben tragen.
Was macht, dass ich so unbeschwert
und mich kein Trübsinn hält?
Weil mich mein Gott das Lachen lehrt
wohl über alle Welt.
(Hanns Dieter Hüsch) [16]

Bis bald,

Dein Paul"

Amen.

„Und wie Mose in der Wüste die Schlange erhöht hat, so muss der Menschensohn erhöht werden, auf dass alle, die an ihn glauben, das ewige Leben haben. Denn also hat Gott die Welt geliebt, dass er seinen eingeborenen Sohn gab, auf dass alle, die an ihn glauben, nicht verloren werden, sondern das ewige Leben haben. Denn Gott hat seinen Sohn nicht in die Welt gesandt, dass er die Welt richte, sondern dass die Welt durch ihn gerettet werde. Wer an ihn glaubt, der wird nicht gerichtet; wer aber nicht glaubt, der ist schon gerichtet, denn er hat nicht geglaubt an den Namen des eingeborenen Sohnes Gottes. Das ist aber das Gericht, dass das Licht in die Welt gekommen ist, und die Menschen liebten die Finsternis mehr als das Licht, denn ihre Werke waren böse. Wer Böses tut, der hasst das Licht und kommt nicht zu dem Licht, damit seine Werke nicht aufgedeckt werden. Wer aber die Wahrheit tut, der kommt zu dem Licht, damit offenbar wird, dass seine Werke in Gott getan sind."

Johannes 3, 14-21

St. Paul´s Cathedral

Alex war vor Londons großer Kathedrale angekommen, die nach dem Apostel Paulus benannt ist. Inmitten des Straßengewirrs, in der Nähe der Bank of England stand er auf einmal auf dem Vorplatz mit der Statue von Königin Anne, in deren Regierungszeit die Fertigstellung fiel und schaute auf das Portal. Er lächelte in sich hinein. Seine Tochter hatte ihn um einen Gefallen gebeten: wenn du in London bist, schaue bei St. Paul´s nach der alten Dame auf den Treppen, die die Tauben füttert. Seine Tochter wollte wissen, ob es die alte Dame aus dem Film Mary Poppins wirklich gibt, die nach ein paar Pennies fragt und Taubenfutter verkauft. Alex schüttelte sich – nein, „Tauben füttern ist verboten" sagte ein Schild. Keine alte Frau war auf den Stufen zu sehen. Es war mittags und viele Menschen gingen in Richtung Kirche. Alex hatte sich vorgenommen, St. Paul´s zu besichtigen und ging auf das Portal zu. Auf den Stufen war eine Sicherheitskontrolle eingerichtet – Rucksäcke und Taschen wurden durchgeschaut. Kein Problem dachte Alex und stellte sich an. Allerdings ging es nicht so richtig voran. Kein Wunder dachte er, als er nach vorne schaute – ganz vorne war so ein großer Typ, der scheinbar sein gesamtes Leben mit sich trug und nun waren die Security-Leute dabei, den großen Wanderrucksack auseinanderzupflücken. Da hingen auch noch Taschen dran, Schlafsack und Zelt. „Muss der da rein? Der sieht auch nicht ganz sauber aus.", echauffierte sich eine Frau vor Alex. „Na, wieder mal jemand, der nicht genug Zeit mitbringt und nur die Sehenswürdigkeiten abhakt", dachte Alex über die Frau. St. Paul´s – Haken, Westminster – Haken, Tower – Haken, Bootsfahrt auf der Themse – Haken, Buckingham Palace – Haken, um dann zu Hause viel erzählen zu können. Schade, dass die Menschen sich so wenig Zeit nehmen – viel gesehen, viel abgehakt, wenig Atmosphäre gespürt. Er schaute nach vorne auf den großen Mann, der immer noch seinen Rucksack auspacken durfte. Die Frau vor ihm tippelte auf den Füßen hin und her. Das machte ihn echt ein wenig nervös. Sie nahm ihr Smartphone in die Hand und begann zu tippen. Alex schaute am Portal nach oben und spürte die Weite des Himmels, der sich herrlich blau an diesem schönen Sommertag über der Stadt auftat. Er war eher wegen der Atmosphäre hier, wollte diesen freien Tag auf einer Dienstreise nutzen, um sich ein wenig London anzusehen. Und St. Paul´s faszinierte ihn – auch wenn er noch nie in der Kirche gewesen war. Er hatte alles – eine glückliche Familie, einen krisenfesten Job mit sehr gutem Gehalt, ein Haus und ein Ferienhaus, eine Segelyacht an der Küste. Und doch war er immer wieder auf der Suche nach etwas, eine kleine latente Unzufriedenheit, deren Ursache er gar nicht ganz genau beschreiben konnte. Das verwirrte ihn auch immer wieder, aber er schob es beiseite. „Na endlich", hörte er die Frau vor sich und sah, wie der Mann am Sicherheitscheck den Rucksack zuzog und dem Sicherheitsmann die Hand schüttelte. Alex fühlte irgendwie, dass die Ruhe und Wärme dieses Mannes bis zu ihm ausstrahlten. „Geht´s jetzt endlich weiter?", nölte die Frau vor ihm. „Das gibt aber keine gute Bewertung." Alex verdrehte die Augen und atmete tief durch, aber hielt sich zurück.

Nun ging es schnell – Sicherheitskontrolle, Eintritt bezahlen, Audioguide holen und los. Alex betrat die Kirche und drehte sich in Richtung Chor und Apsis. Der Blick war überwältigend. Die Größe und Weite des Raums ließen Alex durchatmen. Das Licht fiel durch die Fenster der Kuppel in den Innenraum. Er ging ein wenig in den Raum und genoss die Weite.

„Siehste und nun geht das Ding auch nicht an" – die Frau aus der Warteschlange war auch angekommen und hatte Probleme mit dem Audioguide. Alex sah zu, dass er weiterging und schaltete seinen Guide an. Die Führung begann mit einem Grußwort des Dekans und einem kleinen Andachtstext zu einem Bibelvers. Alex nahm es wohlwollend auf und ließ sich ein wenig treiben – in Gedanken und durch das Gebäude. Er ging am Monument für Lord Wellington vorbei in Richtung der Fläche unter der Kuppel, die frei war und an deren Rand Stühle im Halbkreis mit Blick auf den Chor und den Altar standen. Er sah, dass ein Priester sich nahe einem kleinen Lesepult hingesetzt hatte und die Menschen betrachtete, die hier als Touristen durchwanderten. Alex setzte sich auf einen Stuhl in der zweiten Reihe und blickte auf den Altar. Auf einmal stand der große Mann mit dem Wanderrucksack im Kuppelraum, stellte sich in die Mitte unter der Kuppel und schaute nach oben. Er lächelte, faltete die Hände und schloss die Augen. Alex schaute interessiert. Dann ging der Mann zu dem Priester und sprach kurz mit ihm. Er nickte, legte kurz seine Hand auf den Arm des Priesters und kam in Alex Richtung. Er setzte sich in die erste Reihe, stellte den Rucksack neben sich und schaute wie Alex in Richtung des Altars. Er streckte sich lang aus und schloss die Augen. Stille – Alex genoss es und der Mann in der Reihe vor ihm störte ihn gar nicht. Das Licht ließ die Kirche erleuchten und wärmte das Gesicht. Die Spiegelungen blendeten fast ein bisschen.

Alex sah, wie der Priester aufstand und zum Lesepult ging. „Ladies and Gentlemen, liebe Besucher, darf ich einen kleinen Moment um Ihre Aufmerksamkeit bitten. Wir freuen uns, dass Sie St. Paul´s Cathedral besuchen und unsere Gäste sind. Aber ich möchte Sie kurz erinnern, dass dieses Gebäude nur zu einem Zweck entworfen und gebaut wurde – nämlich unserem Herrn Jesus Christus die Ehre zu geben, Gott zu preisen und das Evangelium zu verkündigen. Und so möchte ich Sie bitten, mit mir zu beten – das Gebet, das Sie alle kennen – Pater noster, Vater unser - gerne jeder in seiner oder ihrer Sprache." Der Mann vor Alex mit dem Rucksack stand auf und faltete die Hände. Der Priester sprach das Vaterunser und überall in der Kirche murmelten Menschen mit. „God bless you. Thank you. Wenn Sie ein Gespräch wünschen, sprechen Sie mich gerne an", sagte der Priester und ging vom Lesepult weg.

Der Mann vor Alex drehte sich zu Alex um. „Schön, nicht wahr?" Er reichte ihm die Hand. Alex nahm sie etwas überrascht, angesprochen zu werden. „Paul", sagte der Mann und lächelte. „Also" – er deutete mit den Händen in den Raum – „meine Kathedrale." Er grinste. „Ok, nicht ganz, aber ich liebe sie." „Ähmm, ich heiße Alex", antwortete er – etwas überrascht über die plötzliche Ansprache. „Kommen Sie mit zum Schatz?", fragte Paul. „Schatz?" Alex wusste nicht, worum es ging. Paul beugte sich zu ihm herunter „Ja, ich habe einen Schatz gefunden und wenn Sie möchten, zeige ich Ihnen diesen." Paul legte eine Hand auf ein Auge und sah aus, wie ein Pirat mit Augenklappe. Alex zögerte. „Kommen Sie", sagte Paul und ging voraus. Den Rucksack ließ er stehen. Alex wusste nicht warum, aber er folgte dem großen Kerl zum Aufgang der Kuppel und Paul ging mit ihm die Treppen in der Kuppel nach oben, immer weiter – ohne Blick auf die Stadt da draußen, immer weiter nach oben. Auf einer Plattform in der Kuppel – kurz vor dem Ausgang auf eine Aussichtsplattform mit Blick über London blieb Paul stehen und legte sich auf den Boden. Er winkte Alex zu, der leider feststellen musste, dass er ein wenig kurzatmig wurde. „Legen Sie sich auch hier hin und schauen sie." Alex legte sich neben Paul und stellte fest, dass genau in der Mittelachse der Kuppel im Boden dieser Plattform eine Glasscheibe war. Man konnte direkt auf die Fläche in der Kirche unter der Kuppel sehen. Alles war ganz klein. Alex erkannte den großen Rucksack, sah Menschen, die durch die Kirche wanderten. Einige setzten sich hin. Er erkannte von oben die ungeduldige Frau, die viel hektischer als andere auf der Fläche da unten herumstromerte. „Ein Schatz, nicht wahr? Interessant, die Perspektive zu wechseln, denn so sieht Gott uns von Himmel aus – von ganz weit oben, ganz klein und doch nimmt er jeden von uns wahr." Paul lag neben Alex und drehte ihm das Gesicht zu. Er lächelte ihn an. „Ich habe diesen Schatz gefunden und bin jedes Jahr einmal hier. Und dann denke ich nach, was denn wirklich wichtig ist – alles, was unten auf der dem Kirchenboden passiert, ist dann ganz klein – auch diese hektische Dame, die sich so geärgert hat, dass es bei der Sicherheitskontrolle so lange gedauert hat." Paul grinste. „Sie war jedenfalls nicht zu überhören."

Alex grinste nun auch. „Sie hat Sie – glaube ich – für einen Obdachlosen gehalten." Paul fing an zu lachen. „Bin ich auch – aber nicht so, wie die Frau denkt." „Wie meinen Sie denn?", fragte Alex. „Ein festes Zuhause habe ich zurzeit nicht. Ich übernachte draußen, da, wo ich die Weite des Himmels spüren kann, da wo ich Gottes Liebe direkt im Herzen spüre, es warm ums Herz wird und nichts mich ablenkt. Oder auch bei Freunden, die ich an vielen Orten in der Welt habe." „Aber müssen Sie nicht arbeiten? Steuern zahlen – Sie müssen doch etwas essen." „Hmmm....", hörte Alex aus Richtung Paul, der inzwischen wieder nach unten schaute. „Sehen Sie den Penny da unten auf dem Stuhl liegen?" Alex schaute auch nach unten. „Nein – das schaffe ich mit meinen Augen nicht. Oder er ist einfach zu klein." „Oder nicht so wichtig", erwiderte Paul. Er setzte sich auf und kurz darauf saßen Alex und Paul im Schneidersitz auf beiden Seiten des Glasfensters im Fußboden. „Nachdem ich zu Christus gefunden habe", begann Paul. „Oder besser ich von Christus gefunden wurde – damals in Damaskus, da habe ich festgestellt, dass vieles, was ich früher wichtig fand – Geld, meine Segelyacht, meine Arbeit, Chef zu sein – seinen Glanz verlor. Ich war wie frisch verliebt, wie in einem Neuanfang – ich spürte die Wärme im Herzen, Gottes Liebe kam mir ganz nah. Mein altes Leben fand ich sogar schlecht, ich wollte nur noch für Gott da sein, seinem Weg in Leiden und Auferstehung nachfolgen. Und so begann ich, mein altes Leben aufzugeben, meinen Beruf und mein Haus, meine Yacht und wanderte los – den Menschen von Gott zu erzählen. Es erfüllt mich bis heute und mit kleineren Arbeiten, da wo ich gerade bin, habe ich immer genügend Auskommen." „Ich könnte das nicht", sagte Alex. „Alles aufgeben?" Paul legte ihm die Hand aufs Herz. „Wie ist es da? Warm ums Herz, wenn Sie von Gott hören? Wohlig, wenn Sie mit anderen zusammen beten oder singen?" „Ja", sagte Alex. „Dann ist doch gut." Paul blickte ihn an und legte beide Hände auf seine Schultern. „Es muss ja nicht jeder ein Wanderprediger werden. Aber Heimat finden in der Gemeinschaft des Glaubens, in einer Gemeinde – neue Freunde und alte Bekannte. Und wenn Sie Christus in Ihrem Herzen haben," Paul machte eine Pause, „dann wird vieles weniger wichtig, verliert seinen materiellen Wert. Die

Umarmung Ihrer Kinder ist dann wichtig, die gemeinsame Zeit und die Gemeinschaft mit Gott, die Sehnsucht nach Abendmahl, nach Stille am Tag, um der Ewigkeit zu lauschen. Und der Penny wird ganz klein." Paul legte sich wieder hin, Alex neben ihm. „Ich sehe ihn immer noch nicht." „Die Sehkraft für die kleinen Dinge im Leben nimmt übrigens auch wieder zu." Paul grinste. „Ich habe es auch noch nicht komplett begriffen, was seit meiner Hinwendung zu Christus mit mir passiert, aber ich mache mich ganz lang, strecke mich und bemühe mich, die Weite von Gottes Liebe zu begreifen auf dem Weg zum ewigen Leben, das er uns versprochen hat." Sie schauten durch die Glasscheibe. Und jetzt sahen sie den Priester, der genau in der Mitte stand und nach oben schaute. Er winkte ihnen zu. Paul winkte zurück. „Peter, ein ganz alter Freund von mir." „Er sieht uns?" fragte Alex. „Vielleicht… ok, ich habe ihm gesagt, dass wir hier oben sind." Paul stand auf und auch Alex erhob sich. „Gott segne Sie." Paul zeichnete mit den Fingern ein Kreuz auf die Stirn von Alex, dreht sich um und ging. Alex war noch ein wenig benommen und dann machte er sich auch an den Abstieg. Er kam wieder unten an und schaute nach oben – das Fenster war kaum zu erkennen. Vielleicht hatte dieser Paul recht – so wie das Fenster von unten kaum zu erkennen war, so verlieren auch wir Menschen Gott manchmal aus dem Blick, erkennen seine Zeichen in der Welt nicht mehr. Ein kleiner Junge zog ihn an der Jacke. „Hier, Sir, heißen Sie Alex?" Er nickte. „Dann soll ich Ihnen das geben." Er drückte ihm einen Penny in die Hand. „Woher hast du den?" „Er lag dort auf dem Stuhl und hier war so ein großer Mann mit einem Rucksack. Er sagte, dass ich Ihnen den geben soll. Sie würden bestimmt nach oben schauen." „Danke." Alex nahm den Penny und ging noch durch die Kirche. Auf dem Weg nach draußen kam er am Grab von Christopher Wren vorbei, dem Architekten und Erbauer von St. Paul´s. Bevor er seinen Weg Richtung Bistro für einen Kaffee fortsetzte, las er noch die Inschrift auf der Grabplatte von Christopher Wren, der nie ein Denkmal haben wollte: Lector, si monumentum requiris, circumspice - „Betrachter, wenn Du ein Denkmal suchst, sieh dich um". Alex ging weiter – zur Ehre Gottes hatte der Priester gesagt. Die Wärme im Herzen ging gar nicht weg, das gezeichnete Kreuz spürte er noch auf der Stirn. Die beruflichen Pflichten in London kamen ihm in den Sinn – morgen wieder, dachte er. „Jetzt muss ich nachdenken". Und bestellte sich einen Kaffee.

*„Aber was mir Gewinn war, das habe ich um Christi willen für
Schaden erachtet. Ja, ich erachte es noch alles für Schaden
gegenüber der überschwänglichen Erkenntnis Christi Jesu,
meines Herrn. Um seinetwillen ist mir das alles ein Schaden
geworden, und ich erachte es für Dreck, auf dass ich Christus
gewinne und in ihm gefunden werde, dass ich nicht habe
meine Gerechtigkeit, die aus dem Gesetz, sondern die durch
den Glauben an Christus kommt, nämlich die Gerechtigkeit,
die von Gott kommt durch den Glauben. Ihn möchte ich
erkennen und die Kraft seiner Auferstehung und die
Gemeinschaft seiner Leiden und so seinem Tode gleich
gestaltet werden, damit ich gelange zur Auferstehung von
den Toten. Nicht, dass ich's schon ergriffen habe oder schon
vollkommen sei; ich jage ihm aber nach, ob ich's wohl
ergreifen könnte, weil ich von Christus Jesus ergriffen bin.
Meine Brüder und Schwestern, ich schätze mich selbst nicht
so ein, dass ich's ergriffen habe. Eins aber sage ich: Ich
vergesse, was dahinten ist, und strecke mich aus nach dem,
was da vorne ist, und jage nach dem vorgesteckten Ziel, dem
Siegespreis der himmlischen Berufung Gottes in Christus
Jesus."*

Philipper 3, 7-14

Quellen, Referenzen, Inspirationen und Danke

Danke an Petra Hagedorn für das Postkartenbild vom Petersplatz in Rom auf der Titelseite sowie die Unterstützung von Dirk Kamrowski bei der Gestaltung des Covers.

Alle Bibelstellen sind mit Genehmigung der Deutschen Bibelgesellschaft der revidierten Lutherbibel entnommen: Lutherbibel, revidiert 2017, © 2016 Deutsche Bibelgesellschaft, Stuttgart.

Die Geschichte „Auf einen Kaffee mit Gott" hat als eine Basis den Zeitungsartikel: Burkhard Strassmann, „Beten und treten", DIE ZEIT, Nr. 20 / 2015, 13.Mai 2015, S. 59-60.

In der Geschichte „Leben im Herrn" ist eine Spur zum Buch „Momo" von Michael Ende gelegt (Thienemann Verlag, Stuttgart, 1973)

In der Geschichte „Musik zum Lobe Gottes" werden folgende Lieder bzw. Texte mit freundlicher Genehmigung der Rechteinhaber zitiert:

1)   „Sei behütet auf deinen Wegen"
      Text: Clemens Bittlinger
      Musik: Fabian Vogt / Clemens Bittlinger
      Abdruckgenehmigung von Clemens Bittlinger

2)   „Da berühren sich Himmel und Erde"
      Text: Thomas Laubach
      Musik: Christoph Lehmann
      aus: Gib der Hoffnung ein Gesicht, 1989
      © tvd-Verlag Düsseldorf

7) „Dein Wort"
Originaltitel: Thy Word
Text und Musik: Amy Grant, Michael W. Smith
Deutscher Text: Klaus Heizmann
© 1984 Word Music LLC.
Für D,A,CH: Small Stone Media Germany GmbH [50%]
© 1984 Meadowgreen Music Company
Für D,A,CH: Universal Music Publishing GmbH [50%]

8) „Vergiss es nie"
Originaltitel: I Got You
Text und Musik: Paul Janz
Deutscher Text: Jürgen Werth
© 1976 New Spring Publishing Inc.
Für D,A,CH: Small Stone Media Germany GmbH

9) aus Martin Luther, Skizze über die Musik, 1530

10) „Froh zu sein bedarf es wenig" (Kanon), Text und Musik:
Heinrich Leberecht August Mühling (1786 – 1847)

11) „Aufsteh´n, aufeinander zugeh´n"
Musik: Purple Schulz, Josef Piek, Clemens Bittlinger
Text: Clemens Bittlinger
Abdruckgenehmigung von Clemens Bittlinger

12) „Schritte wagen"
Musik und Text: Clemens Bittlinger
Abdruckgenehmigung von Clemens Bittlinger

13) In der Geschichte „Da wurde mitten in der Nacht ein Kind geboren" wird mit freundlicher Genehmigung auszugsweise der Text des Liedes „Mitten in der Nacht" von Rolf Zuckowski aus dem Album „Dezemberträume" zitiert.

Die Geschichte „Ohr an den Menschen" wurde inspiriert durch einen Artikel in der Evangelischen Zeitung: Timo Teggatz, „Der Beichtstuhl an der U-Bahn", Evangelische Zeitung, 25.März 2018, Ausgabe Hamburg, S. 16.

14) „Er weckt mich alle Morgen", 1.Strophe
Text: Jochen Klepper
Musik Rudolf Zöbeley

15) In der Geschichte „Talkshow" zitiert Paul aus einem Kinderbuch, entnommen aus Simone Stracke / Fariba Gholizadeh, Gott ist wie Himbeereis, © Paulinus Verlag GmbH Trier.

16) In der Geschichte „Antworten von Paul" wird der Text Hanns Dieter Hüsch: Ich bin vergnügt (Psalm) aus: Hanns Dieter Hüsch/Uwe Seidel, Ich stehe unter Gottes Schutz, Seite 140, 2018/16 © tvd-Verlag Düsseldorf zitiert.

Danke an alle, die mit ihrer Genehmigung zum Abdruck dieses Buch unterstützt haben.

Ein Dankeschön gilt meinen Ausbilder*innen in der Prädikantenausbildung Dr. Claudia Süssenbach, Andreas Wandtke-Grohmann und Friedrich Wagner, die mich zum Erzählpredigen gebracht und damit die Basis für diese Geschichten gelegt haben.

Ein großes Dankeschön gilt meiner Familie und insbesondere meiner Ehefrau Birgit, die mich beim Entstehen dieses Buches unterstützt hat, immer wieder Geduld mit mir hatte und auch häufig genug „Ersthörer" war.

Enno Stöver wurde 1975 in Hamburg geboren und wuchs in der Metropolregion Hamburg auf. Er studierte Maschinenbau an der TU Hamburg-Harburg und promovierte im Bereich der spanenden Bearbeitung von Leichtbauwerkstoffen. Nach der Promotion arbeitete er ein Jahrzehnt in der Luft- und Raumfahrtindustrie, bevor er 2016 einen Ruf als Professor für Produktionstechnik an die HAW Hamburg erhielt.

Berufsbegleitend nahm Enno Stöver an der Prädikantenausbildung der Nordkirche teil, die er 2017 abschloss. Im April 2018 wurde er in den Dienst in der Nordkirche berufen und gestaltet seitdem Gottesdienste vor allem in der St. Petrus Kirchengemeinde Hamburg-Heimfeld.

Enno Stöver ist verheiratet mit Birgit Stöver, zusammen haben sie drei Söhne. Die Familie lebt im Hamburger Süden.